Angelika Griese

Freiwildzone

Handlung und Figuren sind frei erfunden. Darum sind eventuelle Übereinstimmungen mit lebenden oder verstorbenen Personen zufällig und nicht beabsichtigt.

Die Autorin

Angelika Griese, in Bremen geboren, lebt heute als freie Autorin in Bremerhaven. 2007 erschien ihr Bremen-Krimi *Mord nach Kohl und Pinkel* und ihre Kurzkrimisammlung *Mörderische Weibsbilder – Böse Gutenachtgeschichten*. Kurzkrimis schreibt sie auch für Zeitschriften und Anthologien. Sie ist Mitglied bei den Mörderischen Schwestern und im Syndikat, der Autorengruppe deutschsprachiger Kriminalliteratur.
Freiwildzone ist ihr zweiter Kriminalroman mit der schlagfertigen Kriminalhauptkommissarin Mona Butenschön.

Angelika Griese

Freiwildzone

Kriminalroman
aus Bremen und Bremerhaven

Prolibris Verlag

Originalausgabe 1. Auflage 2009

Tel.: 0561/766 449 0, Fax: 0561/766 449 29

Lektorat: Anette Kleszcz-Wagner
Korrektorat: Christiane Helms
Titelfoto: Ramin Amir, Bremen
Druck: GGP Media GmbH, Pößneck
ISBN: 978-3-935263-68-9

www.prolibris-verlag.de

Eine Tote am frühen Montagmorgen passte mir so gar nicht in den Kram. Ich hatte gerade mein Büro betreten, als mich der Anruf erreichte. Eine weibliche Leiche in den Wallanlagen. Und ich hatte noch nicht mal gefrühstückt. Es war gestern spät geworden. Aber ich bereute es nicht! Ich muss einfach dabei sein, wenn die Bremer jedes Jahr im Oktober unter dem Motto »Ischa Freimaak« für vierzehn Tage ihre hanseatische Kontenance verlieren. Dieser Ausruf entschuldigt jeden Blödsinn und jede Entgleisung. Zu dieser Zeit befindet sich die Stadt im Ausnahmezustand. Man setzt sich sogar zu wildfremden Menschen an den Tisch, eine Eigenschaft, die den Bremern sonst so ganz abgeht.

Der obligatorische Freimarktbummel mit den Kollegen war für mich weit nach Mitternacht zu Ende gegangen. Ich hatte mich gerade noch rechtzeitig abseilen können, bevor der Ausflug zwangsläufig wieder in einem großen Besäufnis endete. Meine Kollegen waren trinkfest und machten zur Freimarktzeit gern einen drauf. Unter großem Protest hatte ich sie ihrem Schicksal überlassen.

Innerlich fluchend hastete ich den Kiesweg entlang. Mir war kalt. Typisches Bremer Freimarktwetter. Der fiese Nieselregen ging durch und durch. Und natürlich weder Schirm noch festes Schuhwerk dabei. Nach dem Dauerregen der letzten Nacht würden wohl kaum brauchbare Spuren zu finden sein.

Die neuen italienischen Schuhe konnte ich nach diesem Einsatz hundertprozentig in die Tonne schmeißen, und meine glatt geföhnten Haare würden unter dem Nieselregen schon bald zu einem ätzenden Afrolook mutieren. Schöne Aussichten.

Schon von Weitem sah ich am Ufer des Stadtgrabens, hinter dem rot-weißen Plastikband, unseren vierschrötigen Rechtsmediziner Dr. Metzger im Gespräch mit dem Vorturner der Spurensicherung, der in einem weißen Overall mit Kapuze steckte. Metzger auf nüchternen Magen. Die Woche fing wirklich nicht vielversprechend an. Gerechterweise musste ich zugeben, dass Metzger äußerst kooperativ war und hin und wieder für mich Unmögliches möglich machte. Wenn er nur sein Anbaggern ließe. Ich hatte ihm hundert Mal signalisiert, dass ich nicht interessiert war. Er wollte es einfach nicht begreifen.

Metzger, im Kollegenkreis die Frikadelle genannt, fletschte sein nikotingelbes Pferdegebiss und hob zum Gruß die Hand. Ich stolperte die Böschung hinunter und musste aufpassen, dass ich nicht auf den nassen Blättern ausrutschte, die das Gras bedeckten. Wabernde Nebelschwaben stiegen aus dem Stadtgraben auf.

»Moin, Mona. Du bist das Beste, was mir heute Morgen passieren kann.«

Das war Ansichtssache. Ich lächelte gequält. »Moin, Doc.« Langsam hob ich das Absperrband, schlüpfte drunter durch und trat zögernd an die Leiche heran, die versteckt hinter einem hohen Busch lag. Mein Blick traf auf den nackten Körper einer Frau. Sie lag in einem aufgeschnittenen blauen Müllsack. Am Hals befanden sich deutliche Würgemale. Im Gesicht, insbesondere in der Augenregion, bemerkte ich Punktblutungen, ein untrügliches Zeichen dafür, dass die Frau erwürgt worden war. Mein Magen begann zu krampfen. Widerwillig ging ich in die Hocke und verscheuchte einen Schwarm Fliegen, der sich an dem Körper gütlich getan hatte und jetzt um meinen Kopf herumschwirrte. Der penetrante Geruch und der Anblick krabbelnder, widerlicher Maden löste einen Brechreiz in mir aus, tapfer atmete ich durch den Mund. Ich hatte genug gesehen, richtete mich auf und trat einige Schritte zurück.

»Armes Ding, kein schöner Anblick«, stellte Metzger trocken fest, bückte sich keuchend und ließ seinen Koffer zuschnappen. »Sie lag hier am Ufer, vom Weg aus nicht sichtbar, verpackt in diesem Müllsack. Die beiden Gärtner haben sie gefunden.« Er zeigte auf zwei Männer, die in gebührendem Abstand rauchend an einem Baum gelehnt standen und zu uns herüber sahen. Ihre grünliche Gesichtsfarbe sprach Bände.

Fröstelnd zog ich den Reißverschluss meiner Lederjacke zu. Kein schöner Anblick? Entwürdigend wäre treffender. Selbst nach über zwanzig Jahren bei der Mordkommission war es für mich unerträglich, wenn wir eine nackte Frau fanden, die am Tatort männlichen Blicken ohne Schutz ausgeliefert war. Jahrelange Routine hatten meiner Dünnhäutigkeit auf diesem Gebiet nichts anhaben können.

»Sie wurde erwürgt und vermutlich missbraucht«, bestätigte Metzger meine Vermutungen und zeigte auf dunkle Flecken, die sich auf den Innenseiten ihrer Schenkel befanden.

»Hat sie noch andere Verletzungen?«

»Nicht äußerlich. Du musst dich schon bis zur Obduktion gedulden.«

»Ich liebe klare Ansagen. Ist das hier der Tatort?«

»Sicher nicht. Die Totenflecken auf dem Rücken sind nicht lagegerecht. Willst du sehen?« Er trat an die Leiche heran und machte Anstalten, sie zu bewegen.

»Lass gut sein, Doc.« Das musste nun wirklich nicht sein. Mein Bedarf an sogenannten Leichenerscheinungen war vorerst gedeckt.

Ich sah zu den Kollegen der Spurensicherung, die den Fundort weiträumig absuchten. »Schon was Brauchbares gefunden?«, rief ich ihnen zu und steckte meine kalten Hände tief in die Jackentaschen.

»Der Regen hat ganze Arbeit geleistet. Die wenigen Fußspuren stammen vermutlich von den Gärtnern«, rief mir ein Kollege zu.

Metzger deutete auf kleine Plastiktüten, gefüllt mit Zigarettenkippen, einer Camel-Schachtel, einem braungefleckten Tempotaschentuch, das offensichtlich zweckentfremdet worden war.

Nachdenklich ging ich zu den Gärtnern, die mir fröstelnd entgegensahen. »Guten Morgen, Kripo Bremen. Mein Name ist Butenschön. Sie haben die Tote gefunden?«

Der Ältere nickte. Ich schätzte ihn auf Anfang sechzig. Seine kräftigen Hände, die an schwere Arbeit gewöhnt schienen, zitterten unkontrolliert. Der war fertig mit Jack und Büx.

»Wie sind Sie auf die Leiche gestoßen?«

Der Jüngere schluckte und sah seinen Kollegen hilfesuchend an. »Also, wir wollten die Büsche beschneiden, als wir den blauen Plastiksack sahen.« Er würgte.

»Zuerst dachte ich, dass hier jemand seinen Müll weggeschmissen hat«, fuhr der Ältere fort und beobachtete besorgt seinen jungen Kollegen, dem es wirklich nicht gut zu gehen schien. »Wir rissen nichts ahnend den Sack auf ...« Seine Gesichtsfarbe wechselte von grünlich zu wachsweiß. »Sofort waren wir von einem großen Schwarm Schmeißfliegen umgeben. Das war so ekelhaft. Dann sahen wir, dass eine tote Frau im Sack lag.« Er machte eine Drehung und erbrach sich.

»Das war so was von krass«, flüsterte der Jüngere und zitterte wie Espenlaub.

Ich befürchtete, dass er jeden Moment aus den Latschen kippen könnte. »Doc, können Sie mal kommen? Ich glaube, den beiden Herren täte eine Beruhigungsspritze gut.« Anteil nehmend fasste ich den Jüngeren an der Schulter. »Wird gleich besser.«

»Bloß keine Spritze. Geht schon wieder.« Der Ältere riss sich zusammen. Er pulte ein nicht mehr ganz frisches Taschentuch aus seiner dicken Fleecejacke und putzte sich verlegen den Mund ab.

»Was haben Sie gemacht, nachdem Sie die Leiche entdeckt hatten?«

»Wir haben mit dem Handy 110 angerufen.«

»Haben Sie außer dem Sack etwas berührt oder weggenommen?«

Die beiden sahen sich an und schüttelten gleichzeitig die Köpfe. »Nee, wir sind sofort weg. Die Maden ...« Er würgte erneut. »Jetzt wäre ein Schnaps gut.«

»Damit kann ich nicht dienen. Wirklich keine Spritze?«

»Wir würden jetzt lieber gehen ...«

»Okay, aber erst, wenn die Kollegen Ihre Schuhabdrücke genommen haben. Und dann kommen Sie bitte heute Nachmittag ins Präsidium, wir müssen das Protokoll anfertigen.« Ich überreichte dem Älteren meine Visitenkarte, nickte beiden aufmunternd zu und beobachtete amüsiert, wie unsere top gestylte Staatsanwältin Hoppensack, auf hohen Absätzen, fluchend die Böschung herunterstöckelte.

***

Klaus Wagenfeld verfolgte den dunklen Schlitten, in dem Mandy mit den zwei Typen saß, die sie nach Feierabend abgeholt hatten. Sie fuhren Richtung Innenstadt.

Er hatte sie heute in die Sozialstunde bestellt, um mit ihr ein ernstes Wörtchen zu reden. Seit Tagen ging das nun schon so. Die Männer standen pünktlich zum Feierabend vor der Ausbildungswerkstatt und griffen Mandy ab. Für ihn hatte es nicht so ausgesehen, als würde sie freiwillig mitfahren.

Bekannte, mit denen sie rumziehe, hatte sie patzig erwidert. Und außerdem, was gehe ihn ihr Privatleben an, solange sie pünktlich zur Arbeit komme? Er solle sich mal lieber darum kümmern, wo Anja abgeblieben sei.

Das stimmte. Anja war seit über einer Woche abgängig. Er hatte mehrfach versucht, sie zu erreichen. Immer ohne Erfolg. Ihr Vater, bei dem sie zur Zeit polizeilich gemeldet war, hatte keine Ahnung, wo sie sich aufhielt, sie ging nicht ans Handy und die anderen Jugendlichen aus ihrer Gruppe wussten angeblich auch nichts über ihren momentanen Aufenthalt. Langsam machte er sich ernsthaft Sorgen. Hoffentlich war sie nicht wieder rückfällig geworden. Leider deutete alles darauf hin.

Die schwarze Luxuslimousine fuhr Richtung Steintorviertel. Ihm schwante Böses. Was hatten die mit Mandy vor? Der Wagen hielt in zweiter Reihe vor einem Appartementhaus, das einschlägig bekannt war. Zum Glück nicht Straßenstrich, dachte er und erschrak gleichzeitig über seine Gedanken. Schlimm genug, wenn stimmte, was er vermutete.

Er musste mit ansehen, wie Mandy von einem der Männer aus dem Wagen gezerrt wurde und auf hochhackigen Stiefeln zum Eingang des Hauses stolperte.

***

Ich betrat dynamisch das Büro und glaubte, meinen Augen nicht trauen zu können. »Wer sind Sie denn?«, fragte ich überrascht den Paradiesvogel, der vor meinem Schreibtisch saß und mir erwartungsvoll entgegensah. Blaue Haarpracht, glitzerndes Piercing, Motorradkluft und Stiefel mit Stahlspitzen. Auf meinem Schreibtisch war respektlos ein Motorradhelm deponiert.

»Constanze Puhvogel. Wenn Sie Frau Butenschön sind, bin ich Ihre neue Kriminalkommissarsanwärterin.« Sie stand artig auf, reichte mir die Hand und strahlte mich aus blitzgescheiten Augen an.

Ich war baff. Die hatte ich total vergessen. Wenn ich ehrlich war, wohl eher verdrängt. Ich war nicht gerade darauf erpicht, die nächste Zeit mit einer blutjungen Anfängerin zu verbringen. In der Regel bedeutete das mehr Belastung als Entlastung. Ihre Vorgängerin war ein schrecklich verhuschtes Huhn gewesen, bei der ich mir immer wieder die Frage gestellt hatte, warum so etwas in den Polizeidienst drängte. Zum Glück hatte sie es rechtzeitig erkannt und das Handtuch geworfen. Ein Segen für die gesamte Abteilung.

»Du kannst Mona zu mir sagen, wir duzen uns alle«, erwiderte ich großzügig und drückte ihr wortlos den Helm in die Hand. Irgendwie gefiel sie mir auf Anhieb.

»Meine Freunde nennen mich Conny«, nickte sie und streckte mir erneut die Hand zu einem Shakehands entgegen.

»Tolle Haarfarbe.«

»Atlantic Blue, ist in drei Tagen wieder rausgewaschen«, gab sie freimütig kund.

»Schön für dich. Wer hat dich in mein Büro gelassen?«, wollte ich wissen und setzte mich.

»So 'n Vokuhila. Der Typ hat gemeint, er käme gleich wieder.«

»Vokuhila? Was ist das denn?«

Sie lächelte milde. »Vorne kurz, hinten lang.«

Konnte sich nur um den Kollegen Knoll handeln, dachte ich und wunderte mich. Nachdem, was er gestern an Bier und Schnaps in sich hineingeschüttet hatte, grenzte es nahezu an ein Wunder, dass er schon im Dienst war. »Hat er gesagt, wohin er wollte?«

»Nö. Ich hab schon mal die Kaffeemaschine angeschmissen, ich hoffe, das war okay?«

Ganz schön selbstbewusst, dachte ich und nickte zustimmend. Während sie wie selbstverständlich Kaffee eingoss, betrachtete ich sie näher und stellte mir vor, wie unser Häuptling Dieter Kathenkamp wohl auf unseren Neuzugang reagieren würde. Bevor ich zu Ende denken konnte, flog die Tür auf, und Didi stürmte mein Büro. Unser Kommissariatsleiter war wie aus dem Ei gepellt. Graue Flanellhose mit messerscharfer Bügelfalte, dunkelblauer Blazer und blütenweißes Hemd. Hanseatenlook vom feinsten Herrenausstatter der Stadt. Über dem Arm hing lässig sein Burberry. Ich sah ihm ins Gesicht und erschrak. War er krank? Eine so graue Gesichtsfarbe kannte ich nicht an ihm. Vielleicht die Folge einer durchsumpften Nacht, beruhigte ich mich. Ist ja auch nicht mehr der Jüngste.

»Wir haben eine Leiche? Ich habe es gerade von Staatsanwältin Hoppensack auf dem Flur erfahren.« Er bremste kurz vor meinem Schreibtisch ab und starrte Conny entgeistert an. »Wer sind Sie denn? Ich dachte, Karneval sei vorbei.« Er schien ratlos.

»Atlantic blue«, gab ich mein neues Wissen weiter.

Irritiert sah er mir in die Augen und runzelte die Stirn.

»Die Haarfarbe, Chef.« Ich lächelte ihn mitfühlend an. »Ist in drei Tagen garantiert rausgewaschen.«

»Na, dann.«

»Constanze Puhvogel, unsere neue Anwärterin.« Ich lehnte mich belustigt in meinem Bürodrehstuhl zurück, legte die Beine übereinander und wartete gespannt auf seine Reaktion, die nicht lange auf sich warten ließ.

»So, so, die neue Kriminalkommissarsanwärterin«, bemerkte er süffisant und strich über seine perfekte Föhnfrisur, die an der rechten Kopfseite durch einen akkuraten Scheitel geteilt wurde. »Wenn ich mich recht erinnere, liegt in Ihrer Personalakte ein Foto, auf dem Sie wesentlich zivilisierter aussehen.«

Conny grinste breit. »Hätten Sie mich so genommen?«

»Wohl kaum. Wir sind hier nämlich bei der Mordkommission und nicht auf der Love-Parade, oder wie der Jux auch heißen mag«, polterte er schon etwas versöhnlicher.

»Darf ich trotzdem bleiben?« Das klang ganz schön ironisch.

Conny gefiel mir immer besser. Speichellecker hatten wir hier wahrlich genug rumlaufen. Dem Boss am ersten Tag so die Stirn zu bieten, war schon heftig. Man durfte auf die Zusammenarbeit gespannt sein.

»Na ja ... Ihre Zeugnisse sind ausgesprochen gut. Bei mir zählt nur Leistung.« Didi hatte sich wieder gefangen.

»Cool, dann werden wir uns sicher gut verstehen.«

Didi sah aus, als würde er im nächsten Moment einem Herzkasper erliegen. Und mir blieb vor Schreck die Spucke weg. Auf die würde ich aufpassen müssen, sonst lief sie mir noch aus dem Ruder.

»Sie kommen wegen der Leiche in den Wallanlagen, Chef?«, entkrampfte ich die Situation und sah ihn fragend an.

»Natürlich. In einer halben Stunde möchte ich Sie beide in meinem Büro sehen. Und bringen Sie Knoll mit!« Er verließ uns mit schleppenden Schritten. Musste ich mir Sorgen machen? Normalerweise wäre er jetzt energiegeladen aus dem Raum gerauscht und hätte die Tür geräuschvoll hinter sich zugeknallt.

»Voll krass, der Alte.« Conny nippte an ihrem Kaffee und lächelte mich entwaffnend an. »Teurer Zwirn, den der trägt. Kann der sich das von seinem Gehalt leisten?«

Na, die machte sich ja Gedanken. Bevor ich ihr erklären konnte, dass Kathenkamp einem reichen Bremer Kaufmannsgeschlecht entstammte und keineswegs auf sein Gehalt angewiesen war, wurden wir gestört.

»Hi Mädels. Schon bekannt gemacht?« Knoll schlurfte mit einem Aktenordner bewaffnet in mein Büro.

Mann, sah der fertig aus. Die Spuren der letzten Nacht waren unübersehbar. Er trug, genau wie am Vortag, einen seiner abenteuerlichen Strickpullis, der für meine Augen eine modische Beleidigung darstellte. Die Jeans war sicher auch schon lange nicht mehr mit Waschpulver in Berührung gekommen, und die Stricksocken, die in ausgelatschten Birkenstocks steckten ... na ja, Geschmackssache. Es gab eine Zeit, wenn auch nur kurz, da bevorzugte er piekfeine Garderobe und hatte seine fusseligen Birsen, die ungepflegt im Nacken hingen, zu einer manierlichen Frisur stylen lassen. Und das alles aus Liebe zu unserer jungen, aufstrebenden Staatsanwältin Dr. jur. Anke Hoppensack. Seit sie ihm den Laufpass gegeben hatte, glich er wieder einem in den sechziger Jahren angesiedelten Langzeitstudenten der Sozialpädagogik.

»Mach mal halblang, Kollege. Glaubst du, wir stehen uns hier die Beine in den Bauch und warten darauf, dass du uns vorstellst?« Ich musterte ihn herausfordernd. »Dich hat dein Bett die letzte Nacht wohl nicht gesehen? Gar nicht schlecht zuwege?«

»Nö. Mir geht's gut. War noch eine richtig coole Nacht. Haben ordentlich einen draufgemacht.« Er schnappte sich die Wasserflasche, die auf der Fensterbank stand, und trank gierig den restlichen Inhalt auf ex. »Hoppe war so was von breit, dass er ...«

»Es gibt Arbeit! Eine Leiche. Fundort: Wallanlagen«, unterbrach ich ihn. Auf die nächtlichen Heldentaten meiner Kollegen war ich nicht wirklich scharf. Wenn Hoppe dabei war, landeten sie zum Schluss zwangsläufig beim Tabledance auf der Diskomeile. Und für eine detaillierte Tatortbeschreibung eines solchen Etablissements hatte ich heute Morgen nun wirklich keinen Nerv.

»Scheiße ... Auch das noch. Männlein oder Weiblein?« Jetzt bediente er sich ungeniert aus meinem Kaffeepott.

»Mit viel Phantasie konnte ich mir eine Frau vorstellen«, übertrieb ich, um seine Neugierde zu wecken. »Nun komm, wir müssen zur Dienstbesprechung. Du weißt doch, Didi wartet nicht gern.« Ich nahm ihm meinen Kaffeebecher aus der

Hand und stellte ihn zurück auf den Schreibtisch. Ich konnte Knoll gut leiden, aber sein Fusselbart in meinem Kaffee ...

Er verzog unwillig das Gesicht und kratzte sein Kinn. »Muss das sein? Kannst du das nicht allein machen, und ich weise in der Zeit die junge Kollegin ein?« Er lächelte mich bittend an. »Du hast auch was gut bei mir.«

»Sehr lustig. Conny kommt natürlich mit. Abgang. Wer saufen kann, der kann auch ...«

»Verschon mich bitte mit deinen schlauen Sprüchen. Du bist zwar um Lichtjahre älter, aber meine Mutti bist du noch lange nicht.«

»Sehr charmant. Also los.«

»Muss ich wirklich? Wer hat denn von der Staatsanwaltschaft den Fall?«

War klar, daher wehte der Wind. »Wer wohl?«

»Oh nee, nich?« Er warf Conny einen flüchtigen Blick zu und sah mich beschwörend an.

Keine Angst Junge, ich sag schon nichts. Conny würde das sowieso bald herausgefunden haben. Dafür sorgte der Büroklatsch schon. Was Knoll aber wohl stärker beunruhigen dürfte, war die Anwesenheit unserer ehrgeizigen Jungstaatsanwältin. Er war immer noch bis über beide Ohren in sie verliebt und hatte bis heute nicht begriffen, warum sie mit ihm Schluss gemacht hatte. Es steckte angeblich kein neuer Mann dahinter, und das machte die Sache für ihn so unverständlich.

»Ich geh vorher noch mal aufs Klo«, teilte Conny uns freimütig mit und verließ das Büro.

»Sag bloß, du bist noch immer nicht darüber hinweg?« Ich zog halb fragend, halb wissend die Augenbrauen hoch.

»Ja, Anke macht mich fertig. Ich dreh durch, wenn ich sie sehe. Tut immer so abgehoben, als wäre nichts gewesen. Oh Mann, ich bin so ein Idiot!«

Da konnte ich ihm kaum widersprechen. Ihm jetzt aber zu sagen, dass man lieber nichts mit Kolleginnen anfangen solle, wäre bei seiner jetzigen Verfassung gemein, völlig wirkungslos und vor allem zu spät.

»Ach komm, spiel doch einfach den Coolen. Du schaffst das, Kollege. Und ich bin ja auch noch dabei«, frotzelte ich. Ich hatte schon einiges mit ihm durchgemacht. Hin und wieder betrachtete er mich als Kummerkastentante, darum kannte ich die gesamte Bandbreite seines Liebeslebens, von Uschi, der farblosen Ökomaus mit Batikhemd und Achselhaaren, bis hin zu unserer schnieken Staatsanwältin Dr. jur. Anke Hoppensack, Tochter aus gutem Bremer Hause. Manchmal traute er sich was. Die spielte in einer ganz anderen Liga. Wie er die klargemacht hatte, war mir bis heute ein Rätsel. Er tat mir in seiner Hilflosigkeit richtig leid.

»Du kannst ihr doch nicht aus dem Weg gehen. Ich kann mir vorstellen, dass das nicht ganz leicht ist, aber du schaffst das!« Tröstend legte ich ihm meine Hand auf die Schulter und nickte ihm aufmunternd zu.

»Wenn du das sagst ...« Seufzend fügte er sich ins Unvermeidliche.

***

Die Teambesprechung war kurz und bündig verlaufen. Didi hatte mir die Leitung der Ermittlungen übertragen. Nachdem Metzger sich bereit erklärt hatte, die Obduktion der Toten umgehend vorzunehmen, war ich mit Anke Hoppensack in die Rechtsmedizin gefahren, und wir hatten gemeinsam der Sektion beigewohnt. Spätestens bei dieser Prozedur war ich froh, dass der vorherige Abend für mich relativ nüchtern zu Ende gegangen war.

Nun wussten wir mehr. Die Tote war etwa zwanzig Jahre alt, im dritten Monat schwanger und hatte kurz vor ihrem gewaltsamen Tod, wie Metzger es schon am Tatort vermutet hatte, unfreiwilligen Geschlechtsverkehr. Neben den

Spermaspuren in Rachen und Vagina, konnte er Hautpartikel unter den Fingernägeln sicherstellen. Wenn wir Glück hatten, befand sich die DNA des Täters in unserer Datenbank. Das wäre wie ein Sechser im Lotto und genau so unwahrscheinlich.

Nach der inneren Leichenschau konfrontierte Metzger uns mit der Tatsache, dass die Tote eine jahrelange Drogenkarriere hinter sich hatte, aber vor ihrem Tod in relativ guter körperlicher Verfassung gewesen war. Um den Todeszeitpunkt festzulegen, benötigte er allerdings noch die Ergebnisse der Generationsfolge und Größe der Maden, die sich im Plastiksack an der Leiche entwickelt hatten, teilte er uns grinsend mit. Eine leckere Angelegenheit.

»Was mag einen Menschen dazu bewegen, seine Brötchen als Rechtsmediziner zu verdienen? Leichen zersägen, in Eingeweiden und Bindegewebe herumwühlen, das ist doch so was von ekelig«, fragte ich Anke Hoppensack, die neben mir im Auto saß.

»Keine Ahnung. Warum fragen Sie nicht ihn selbst? Er ist doch bis über beide Ohren in Sie verliebt.«

Mich traf ein amüsierter Blick, der mich zum Lachen brachte. »Nicht gerade schmeichelhaft, oder?«

»Na ja, eigentlich ist er recht nett. Von seinem Aussehen sollte man allerdings besser absehen. Und Sie müssen seine Gefühle ja nicht erwidern. Aber gute Kontakte zur Rechtsmedizin können nicht schaden. Hat sich im Fall Osterkamp doch ausgezahlt.«

Verflixt, dachte ich. Hatte Knoll gepetzt? »Wie meinen Sie das?«, fragte ich scheinheilig.

»Na, so ganz uneigennützig haben Sie mit Dr. Metzger damals die Vernissage bestimmt nicht besucht. Ich kann mich gut daran erinnern, dass Sie nach dem privaten Treffen mit Metzger in der Galerie dem guten Kathenkamp immer eine Nasenlänge voraus waren.«

Gut beobachtet. Im Fall des ermordeten Kunstkritikers Osterkamp hatte ich alle Register gezogen. Kathenkamp wollte mich damals für dumm verkaufen, und ich hatte ihm mit Metzgers Hilfe einen gehörigen Strich durch die Rechnung gemacht.

»Aber ich bin mit seinen Gefühlen immer fair umgegangen. Natürlich war das nicht uneigennützig. Aber produktiv«, verteidigte ich mich.

»Na dann ...«

»Er hat aber auch profitiert. Ich habe ihn auf der Vernissage mit einer heißen Fotografin bekannt gemacht, und wenn seine Andeutungen der Wahrheit entsprochen haben, war es eine erotische Offenbarung.«

»Oh, wie edel von Ihnen.«

Wir lachten beide herzhaft.

»Meinen Sie nicht, es wäre an der Zeit, uns zu duzen?«, fragte ich.

»Ja klar, kein Problem.«

***

»Frag mal bei den Kollegen nach, ob eine Vermisstenanzeige vorliegt, die auf unsere Tote schließen lässt«, forderte ich Knoll auf, der am offenen Fenster stand und Rauchzeichen nach draußen blies.

Er drückte die Kippe auf der Fensterbank aus und schlappte Richtung Schreibtisch. »Da hab ich Conny hingeschickt. Soll sich mal gleich nützlich machen.«

»Im Delegieren warst du schon immer Spitze.«

»Man tut, was man kann. Wie war es in Metzgers Schlachterei? Alles gut überstanden?«

»Danke der Nachfrage. Ich musste nicht kotzen, falls du das meinst. Und Anke hat das Gemetzel auch gut überlebt.«

Er warf mir einen kurzen Blick zu, reagierte aber nicht weiter darauf. »Erzähl schon, gibt es Neuigkeiten?«

Ich erklärte ihm knapp, was bei der Obduktion herausgekommen war.

»Ich muss jetzt was zwischen die Zähne kriegen.« Meine Schilderung schien ihm nicht auf den Magen geschlagen zu sein. Wir sind wohl ziemlich abgebrüht. »Soll ich dir ein Brötchen mitbringen? Du siehst aus, als hättest du noch nicht gefrühstückt. Oder ist dir der Appetit vergangen?«

»Nicht wirklich. Käse, wenn noch was da ist.«

»Geht klar.« Er fummelte einige Geldstücke aus der Schublade und trollte sich Richtung Tür. »Ich lade dich ein.«

»Super.« Nachdem Knoll das Büro verlassen hatte, griff ich zum Telefonhörer, um meinen nicht nur künstlerisch begnadeten Langzeitgeliebten Jo Beerbaum zu informieren, dass wir unseren gemeinsamen Abend knicken mussten. Ich wusste, was auf mich zukam: Keine Chance auf ein Privatleben. Er bereitete gerade seine nächste Ausstellung vor und war unter Umständen gar nicht so traurig über meine Absage. Bevor ich die eingespeicherte Nummer drücken konnte, wurde die Tür aufgerissen, und Conny schneite aufgeregt herein.

»Die Kollegen haben gestern eine Vermisstenanzeige auf den Tisch bekommen. Sieh mal, vielleicht passt die auf unsere Leiche.« Sie reichte mir einen Aktendeckel über den Tisch und sah mich erwartungsvoll an.

Als ich den Deckel aufklappte, fiel mein Blick auf ein Foto, das eine junge Frau mit langen blonden Haaren zeigte. Ich ging an die Pinnwand, auf der mehrere Bilder von der Toten hingen, und verglich die Fotos miteinander. Das war sie. Kein Zweifel. Anja Finke. Jetzt hatte unsere Leiche einen Namen. Die Vermisstenanzeige war von einem Bremer Verein namens »Pro Zukunft« aufgegeben worden. Sie wurde dort seit zwölf Tagen vermisst. Warum hatten die sich denn bloß so lange

Zeit gelassen? Die Anzeige war gestern erst reingekommen. Ob sie keine Eltern oder Verwandte hatte, die sich Sorgen wegen ihres Verschwindens machten?

»Fahren wir gleich hin?« Conny stand schon in den Startlöchern und scharrte mit den Hufen. Eifrig war sie ja, das musste man ihr lassen.

»Auf geht's!« Ich streifte meine Lederjacke über, schnappte mir den Aktendeckel und verließ mit Conny das Büro.

Auf dem Flur schlappte uns Knoll entgegen, mein Käsebrötchen auf einem Pappdeckel balancierend.

»Ihr habt es aber eilig. Wohin?«

Ich griff nach dem Brötchen und erklärte ihm kurz, was wir vorhatten.

***

Mandy stocherte geistesabwesend in ihrem Essen herum. Die Gespräche an den Tischen gingen an ihr vorbei. Sie dachte an Anja und hatte wieder dieses ungute Gefühl, ihr könnte etwas zugestoßen sein. Das Gerücht, sie könnte wieder Platte machen, war totaler Quatsch.

Am Abend vor ihrem Verschwinden, war Anja völlig aufgelöst bei ihr aufgetaucht und hatte ihr einen Umschlag gezeigt. »Den verstecken wir in deinem Keller. Du darfst keinem davon erzählen und ihn auf keinen Fall öffnen, hörst du«, hatte sie beschwörend auf sie eingeredet. »Meine Lebensversicherung. Wenn mir etwas passieren sollte, bring ihn zu den Bullen.« Anja war häufig theatralisch und übertrieb gern, darum hatte sie das nicht so ernst genommen.

Natürlich hatte sie Wort gehalten, sie hatte nicht hineingeschaut. Bis heute wusste sie nicht, was Anja in diesem Umschlag so Geheimnisvolles aufbewahrte. Hoffentlich brauchte sie ihn niemals zu den Bullen bringen.

Sie erschrak, als Richy den leeren Stuhl neben ihr wegzog und sich rücklings daraufsetzte. Er legte den Arm um ihre Schulter und drückte fest zu.

»Wenn dich jemand nach Anja fragt, hältst du die Schnauze, ist das klar? Kein Wort. Wir wissen alle nichts!«

Sie sah ihn erstaunt an. »Wieso das denn? Aber ich weiß doch sowieso nichts. Du etwa?«

»Einfach Maul halten, klar?«

Mandy sah ihn hasserfüllt an. »Ich weiß, dass sich Anja vor ihrem Verschwinden noch mit euch getroffen hat. Was habt ihr mit ihr gemacht? Wo habt ihr sie hingebracht? Du weißt doch was!«

Richy hielt sie weiter im Schwitzkasten. Die anderen am Tisch taten, als ginge sie das alles nichts an.

»Fahr dir mal keinen Film. Du weißt, was passiert, wenn du dich nicht an die Spielregeln hältst! Das gilt auch für die andere Sache. Ein Wort und du bist fällig.«

»Ja doch, ich sag nichts. Kannst dich auf mich verlassen.«

Er ließ sie los, nahm ihre Gabel und ließ sich ihr Essen schmecken. »Bist ein braves Mädchen. Und nicht vergessen, der Onkel hat dich heute Abend gebucht. Du wirst abgeholt, klar?«

***

Vom Kommissariat in der Vahr war es nur ein Katzensprung bis nach Osterholz-Tenever. In diesem sozialen Brennpunkt unserer schönen Hansestadt lag die Ausbildungswerkstatt des Vereins, in der Anja Finke eine Ausbildung absolvierte. Wer hier wohnte, war stigmatisiert. Hohe Arbeitslosigkeit und eine überdurchschnittlich große Anzahl von Sozialhilfeempfängern prägten diesen Stadtteil. 11.000 Menschen aus 88 Nationen, hatte ich gerade gestern im Weser-Kurier gelesen. Viele Familien überlebten nur mit Hilfe der *Bremer Tafel*. Hartz IV war hier allgegenwärtig.

Ein großes Schild mit der Aufschrift »Verein PRO ZUKUNFT Ausbildungswerkstatt« sagte uns, dass wir am Ziel angekommen waren.

Ich fuhr auf den gepflasterten Vorplatz und parkte mein Auto auf einem Stellplatz, der »Nur für Ausbilder« reserviert, aber frei war. Das Gebäude machte von außen einen gepflegten Eindruck. Weiß gestrichen, Türen und Fenster in einem dunklen Grün. Eine Gruppe junger Türken in gestreiftem Adidas und Goldketten stand etwas abseits und vertrieb sich die Zeit mit Rangeleien.

Als wir die Halle betraten, schlug uns ein ohrenbetäubender Lärm entgegen. Mittagspause. Eine unüberschaubare Zahl Jugendlicher hielt sich hier auf. Die Mehrzahl saß essend an Resopaltischen. Einige standen herum, andere spielten Billard und Tischfußball. Wie konnte man diesen Krach nur aushalten?

»Wer ist denn hier der Chef?«, fragte ich ein junges Mädchen, das an der Eingangstür rauchte und gestylt war, als befände es sich auf einer Techno-Party. Nabelfrei und zu enge Hüftjeans. Der Bauchnabel gepierct.

Sie musterte uns herausfordernd von oben bis unten. Wobei Connys Aufzug ihren Geschmack eher zu treffen schien als meiner. »Wer fragt?« Sie drückte die Eingangstür auf, schnippte die Kippe in die Büsche und blies uns den Rauch vom letzten Zug respektlos entgegen.

Ich traute meinen Ohren nicht. »Kripo«, entgegnete ich scharf und gab mich unbeeindruckt.

»Fett! Jetzt hab ich aber Angst. Haben Sie auch einen Ausweis?«, wollte die Disco-Queen wissen und steckte einen Kaugummi in ihren Mund.

Bevor ich ausrasten konnte, fragte Conny: »Nun spuck schon aus. Wer ist hier euer Häuptling?«

Das Mädchen grinste und wies mit dem Kopf auf einen Tisch, an dem mehrere Erwachsene saßen und sich angeregt unterhielten. »Bonzentisch. Der blonde Typ mit dem Eierkopf. Heißt übrigens Heinzelmann.« Sie lachte verächtlich. Es war nicht schwer zu erraten, was sie von diesem Heinzelmann hielt.

Conny im Schlepptau, ging ich auf den Tisch zu. Unser Erscheinen erregte allgemeine Aufmerksamkeit. Vom Kicker erklangen laute Pfiffe, die ganz offensichtlich Conny galten, deren Styling sich kaum von dem der Jugendlichen unterschied.

»Kuckt euch mal das geile Brett an. Bringt dich deine Mutti, oder ist die Tante vom Jugendamt?«, grölte ein dünner Typ mit langen blauschwarz gefärbten Haaren, schwarzer Bandagenhose mit Karabinern und Schnallenverschlüssen. Er zeigte grinsend seine vordere Zahnlücke.

Brüllender Beifall von allen Seiten.

Oh Junge, was bist du hohl, dachte ich mitleidig und sah Conny an, die gar nicht auf diese Provokation reagierte und den Angeber mit Nichtachtung strafte.

»Hey Richy, lass das Baggern. Bei der haste keine Chance«, foppte ein dicker, pickeliger Jüngling, dem der Hosenboden in den Kniekehlen hing. Unsicher grinsend, rückte er seine Panzerglasbrille zurecht.

»Du kannst mir mal die Eier kraulen, Walze! Dich hat keiner nach deiner Meinung gefragt. Du weißt doch nicht mal, was die Ische unterm Rock hat.« Wieder grölte alles. Großspurig steckte er sich eine halb aufgerauchte Zigarette in die Zahnlücke.

Cooler Auftritt. Schien hier Umgangston zu sein. Die Mitarbeiter am Tisch reagierten gar nicht darauf.

»Wer ist der Chef?«, fragte ich und blickte interessiert in die Runde. Ich hatte plötzlich das ungute Gefühl, dass Heinzelmann womöglich der Spitzname wäre und ich mich nach Strich und Faden blamieren könnte. »Kripo Bremen, mein Name ist Butenschön, und das ist meine Kollegin Puhvogel.

Ich zog meine Legitimation aus der Tasche und hielt sie gut sichtbar hoch. Plötzlich hätte man eine Stecknadel fallen hören können.

***

Wir folgten Heinzelmann, der Typ hieß tatsächlich so, in sein Büro. In meinem Rücken spürte ich die neugierigen Blicke der Jugendlichen, denen sicher nicht entgangen war, dass wir keineswegs vom Jugendamt kamen.

Das Büro war nüchtern eingerichtet, der große Schreibtisch wie geleckt. Nur eine Unterschriftenmappe lag einsam auf der braunen Schreibunterlage. Der Monitor auf dem Beistelltisch war abgedeckt. So etwas hatte ich ja seit Jahren nicht mehr gesehen. Sekretärinnen taten das früher mit ihren teuren elektrischen Schreibmaschinen.

Heinzelmann bot uns die Stühle vor seinem Schreibtisch an und setzte sich selbst dahinter. Unsicher verschränkte er die Arme, lehnte sich zurück und sah mich aus wasserblauen Augen skeptisch an. »Was kann ich für Sie tun?«

Ich griff in meine Tasche und legte das Foto, das die tote junge Frau zeigte, auf die Unterschriftenmappe. »Kennen Sie diese Frau?«

»Das ist Anja Finke.« Entgeistert starrte er auf das Foto und strich mechanisch sein glattrasiertes Kinn. »Ist sie ...«

»Sie ist tot.« Ich schluckte. Verdammt, ich hasse solche Mitteilungen. Da er wenigstens kein naher Verwandter war, konnte ich mich schnell in die Ermittlungsdetails flüchten. »Sie wurde ermordet in den Wallanlagen gefunden. Verschnürt in einen Müllsack«, setzte ich nach und sah blankes Entsetzen in seinem Gesicht.

Ich taxierte ihn genauer. An dem war einfach alles blond: Haare, Augenbrauen, Wimpern. Auf seiner hohen Stirn mit ausgeprägten Geheimratsecken hatten sich Schweißtropfen gebildet. Seine Wangen röteten sich zusehends dunkler. Ich schielte auf seinen Ehering. Auf jeden Pott passt bekanntlich ein Deckel.

Er wirkte nervös und unsicher auf mich. In seinem Rücken an der Wand hing eine große Magnettafel mit Namen, hinter denen verschiedenfarbige Symbole angebracht waren. Ich tippte auf eine Liste, in der die betreuten Jugendlichen und ihre An- und Abwesenheiten erfasst waren.

»Sie haben Anja erst gestern als vermisst gemeldet. Sie ist aber schon mindestens zehn Tage tot. Können Sie mir das erklären?«

»Es ist nicht ungewöhnlich, dass unsere Azubis manchmal tagelang unentschuldigt fehlen. Wir haben es hier mit Jugendlichen und jungen Erwachsenen zu tun, die durch die Bank sogenannte Mehrfachbenachteiligungen aufweisen.« Er stützte beide Ellenbogen auf den Schreibtisch und legte die Finger zu einem Dach zusammen.

»Wie können wir das verstehen?«

»Sie haben unter anderem schulische Defizite. Hinzu kommen soziale Auffälligkeiten, deren Ursachen zumeist in ihrem häuslichen Umfeld zu suchen sind. Wenn sie zu uns kommen, kennen sie in der Regel keine festen Arbeitszeiten, es fehlt ihnen an Pünktlichkeit, an Durchhaltevermögen. Das müssen sie lernen. Für jede Gruppe steht ein Förderlehrer zur Verfügung. So können sie während der Arbeitszeit auch ihre schulischen Defizite aufarbeiten. Die Berufsschule nimmt nämlich keine Rücksicht auf diese besonderen Fälle. Wir bieten ihnen hier eine sozialpädagogisch betreute Berufsausbildung«, dozierte er in einer Weise, die mich ungeduldig werden ließ. Ich musste ihn stoppen, sonst bekamen wir hier noch eine Lehrstunde in gesellschaftsbedingten Erziehungsschwierigkeiten und den Möglichkeiten ihrer Behebung, an die ich ohnehin nicht glaubte. Und es brachte mich im Moment wirklich nicht weiter.

»Demnach wurde Anja neben ihrer Berufsausbildung von einem Sozialpädagogen betreut?« stoppte ich seinen Redefluss und stellte fest, dass ihm das nicht so recht behagte.

Unwillig sah er auf die Tafel. »Ja. Klaus Wagenfeld ist ... war Anjas Betreuer.«

»Können wir den sprechen?«

»Selbstverständlich. Er ist im Haus.« Er griff nach dem Telefon und drückte eine zweistellige Nummer. »Kannst du mal kommen ... Ja, sofort.« Sein Ton klang aufgesetzt autoritär und passte nicht zu seinem Erscheinungsbild. Ich konnte mir beim besten Willen nicht vorstellen, dass irgendjemand im Haus Respekt vor dem hatte.

»Welche Ausbildung machte Anja hier?« Ich stand auf und suchte ihren Namen auf der Tafel. Es stand eine Reihe roter Symbole dahinter, die vermutlich die Fehltage anzeigten.

»Im zweiten Anlauf machte sie eine Ausbildung zur Tischlerin. Wir hatten es mit ihr zunächst in der Näherei probiert, aber da gab es Probleme mit der Ausbilderin. In der Tischlerei klappte es besser.« Er zupfte unsichtbare Fusseln von seinem Bogner-Pullover. Babyblau, das passte wie die Faust aufs Auge zu ihm.

»Erzählen Sie uns bitte etwas über Anja. Warum war sie hier, wer waren ihre Freunde? Hatte sie in letzter Zeit Streit?« Die ganze Palette.

Sein Gesicht nahm einen betroffenen Ausdruck an. Er holte tief Luft. »Als sie vor einem Jahr zu uns kam, hatte sie einen Entzug und eine Therapie hinter sich. Sie war clean. Sonst hätten wir sie nicht genommen. Allerdings hatten wir nach ihrem Verschwinden den Verdacht, dass sie womöglich wieder in ihr altes Umfeld zurückgekehrt sein könnte. Deshalb hat Herr Wagenfeld sie wiederholt an den einschlägig bekannten Treffpunkten gesucht, sie aber nicht gefunden. Wer ihre Freunde waren und ob es Streit gegeben hat, kann Ihnen Herr Wagenfeld sagen. Ich kann mich um solche Kleinigkeiten nun wirklich nicht kümmern. Dafür sind meine Mitarbeiter und Mitarbeiterinnen da.«

Bornierter Affe, dachte ich. Der kaschiert seine Inkompetenz mit Arroganz. »Ich verstehe dennoch nicht, warum Sie sich über zehn Tage Zeit gelassen haben, um eine Vermisstenanzeige aufzugeben.«

»Das habe ich Ihnen doch gerade erklärt, es ist bei unserer Klientel nicht unüblich ...«

Die Tür öffnete sich, und ein Mann betrat lässig das Büro, der mich verblüffend an meinen Kollegen Knoll erinnerte. Nackenlanges, ungepflegtes Haar, Dreitagebart, labberiges T-Shirt, ausgebeulte Jeans, billige Sportschuhe.

»Was gibt's?«

Der hatte keinerlei Respekt vor seinem Chef, das war mal klar. Ich konnte ihn verstehen. Ein solcher Vorgesetzter würde mich täglich auf die Palme bringen.

»Klaus, die Damen sind von der Mordkommission. Anja ist ermordet worden. Man hat sie in den Wallanlagen gefunden.« Heinzelmanns Gesicht, das in den letzten Minuten ständig die Farbe gewechselt hatte, lief erneut rot an.

»Nee nich?« Klaus Wagenfeld starrte entgeistert auf das Foto, das ich ihm in die Hand drückte. »Ermordet?« Die Nachricht haute ihn um, das war unübersehbar. Behutsam strich er mit dem rechten Zeigefinger über das Foto. »Ich verstehe das nicht. Wer hat sie nur so gehasst, dass er sie umgebracht hat?« Zögernd gab er mir das Foto zurück.

»Das wissen wir nicht. Vielleicht können Sie uns helfen, Sie haben sie betreut und kannten Anja doch sicher gut.« Ich beobachtete, wie er versuchte, sich mit zittrigen Fingern eine Zigarette zu drehen. Der war komplett durch den Wind.

»Natürlich helfe ich Ihnen.« Er steckte fahrig die schlecht gedrehte Zigarette zwischen die Lippen, fummelte ein billiges Einwegfeuerzeug aus der Hosentasche und steckte sie an. Heinzelmann schien Nichtraucher zu sein. Ich entdeckte auf seinem aufgeräumten Schreibtisch nichts, was nach einem Aschenbecher aussah. Das schien Wagenfeld nicht zu stören. Amüsiert beobachtete ich, wie Heinzelmann angewidert sein Treiben beobachtete.

»Wie ist sie ums Leben gekommen?«

»Sie wurde vergewaltigt, erwürgt und dann völlig nackt in einem Müllsack verpackt in den Wallanlagen abgelegt.«

Er wurde blass. »Scheiße«, flüsterte er und pulte sich fahrig Tabakkrümel von der Zunge. »Wenn ich den Drecksack zwischen die Finger kriege ...« Er inhalierte tief und sah mich zornig und zugleich hilflos an.

»Das überlassen Sie mal getrost uns, Herr Wagenfeld. Anja war im dritten Monat schwanger. Kennen Sie jemanden, mit dem sie intimen Kontakt hatte?«

Wagenfeld und Heinzelmann wechselten einen kurzen Blick. Ich spürte sofort, dass sie etwas wussten.

»Richy, der war doch mit ihr zusammen«, warf Heinzelmann zögernd ein und sah Wagenfeld fragend an. »Meinst du, der könnte der Vater sein?« Er stand auf und kippte das Fenster. Der Rauch schien ihn zu stören. Traute sich vermutlich nicht, den Mitarbeitern das Rauchen in seinem Büro zu verbieten.

Ich sah förmlich, wie es hinter Wagenfelds Stirn arbeitete. »Schwanger? Sie hat mir nichts davon erzählt. Kann schon sein, dass Richy der Vater ist.«

»Wer ist Richy?« Hatte ich nicht in der Halle schon mal diesen Namen gehört?

»Einer unserer Azubis. Er ist hier so etwas wie der Platzhirsch. Aber mit dem hat sie Schluss gemacht, ist schon einige Zeit her. Ich glaube nicht, dass sie wieder einen festen Freund hatte.« Wagenfeld schnippte ungeniert Asche in die Hydrokultur.

Ich wartete darauf, dass er gleich seine Kippe reindrückte. »Ist dieser Richy im Haus?« Ich sah ihn auffordernd an.

»Ja. Soll ich ihn holen?«

Ich überlegte. »Nein. Ich möchte, dass Anjas Tod in den nächsten Stunden noch geheim bleibt. Bitte kein Wort zu den Auszubildenden und auch nicht zu den anderen Kollegen.«

Heinzelmann und Wagenfeld nickten artig im Takt.

»Mit wem war Anja befreundet, hatte sie eine beste Freundin?«

»Mandy. Die beiden waren unzertrennlich. Ich habe erst heute Morgen mit ihr gesprochen und sie beschworen, mir zu sagen, wo sich Anja aufhält. Da wusste ich ja noch nicht, dass ...« Wagenfeld schluckte.

»Und? Was hat sie gesagt?«, wollte Conny wissen und zog fragend die Auenbrauen hoch.

»Sie hatte keine Ahnung. Macht sich aber große Sorgen.«

»Glauben Sie ihr?«

Er nickte. »Sie glauben gar nicht, wo ich Anja überall gesucht habe. Sie war wie vom Erdboden verschluckt.« Sein Handy klingelte. »Entschuldigung, aber ich muss in Bereitschaft bleiben.« Er nahm das Gespräch entgegen und zog besorgt die Stirn in Falten. »Ich komme gleich.«

»Probleme?«, fragte Heinzelmann wichtig.

»Klopperei in der Werkstatt. Kann ich schnell?«

Ich nickte zustimmend. Um den Job hier war der auch nicht zu beneiden. »Ich werde heute Nachmittag mit meinen Kollegen kommen. Wir werden alle Auszubildenden und Mitarbeiter befragen. Sorgen Sie bitte dafür, dass alle anwesend sind und keiner vorher die Werkstatt verlässt. Wir werden Speichelproben nehmen.«

»Doch nicht von mir?« Heinzelmann sah mich ungläubig an.

»Natürlich.«

Er richtete sich kommentarlos in seinem Sessel auf und schob einen Kugelschreiber auf der Schreibunterlage nervös hin und her.

»Kann ich noch etwas für Sie tun? Ich müsste jetzt die Geschäftsleitung informieren.«

Dass ihm das nicht leichtfiel, stand ihm auf der Stirn geschrieben.

»Wenn Sie mir die Adresse von Anja und von ihren Eltern geben, sind Sie uns vorerst los.«

»Gemeldet war sie bei ihrem Vater. Der wohnt hier ganz in der Nähe. Ich bezweifele allerdings, dass der Ihnen viel über Anja erzählen kann.«

»Warum?«

Er biss sich auf die Lippen. »Machen Sie sich selbst ein Bild.«

Was sollte das denn? »Und die Mutter?«

»Ist wieder verheiratet und wohnt in Bremerhaven. Soweit ich weiß, hatte Anja keinen Kontakt mehr zu ihr. Aber das weiß Herr Wagenfeld besser. Warum sprechen Sie nicht mit ihm darüber?«

»Jemand muss Anja identifizieren ... Würden Sie das übernehmen?«

Er fiel tatsächlich darauf rein. Erschrocken und empört zugleich, starrte er mich aus wasserblauen Augen an. »Das sollen mal die Eltern machen. Dafür bin ich nun wirklich nicht zuständig. Die Adressen bekommen Sie von meiner Verwaltungskraft. Die rechte Tür vor dem Ausgang.«

»Eingebildeter Affe«, raunte mir Conny zu, als wir das Büro verließen.

* * *

Wir standen vor einer Haustür, von der die Farbe an vielen Stellen abgeblättert war, und suchten die Klingelleiste nach dem Namen Finke ab. Viele der verkratzten Briefkästen quollen über von Werbezetteln.

»Hier ist es, Finke, 10. Stock.« Conny drückte mehrfach auf den schwarzen Knopf. Nichts.

»Keiner da.« Sie drückte nochmals. Dann summte der Türöffner. Im Fahrstuhl stank es nach Urin. Derbe Zeichnungen männlicher und weiblicher Geschlechtsteile schmückten die schmutzigen Fahrstuhlwände. Mit einem Ruck blieb der Fahrstuhl stehen. Ich drückte die Tür mit dem Ellenbogen auf. Im Flur roch es nicht viel besser.

»Was wollen Sie von mir?« Der Mann an der Tür, schmuddelige Jogginghose und Achselhemd, machte einen verwahrlosten Eindruck.

»Es geht um Ihre Tochter Anja. Wir sind von der Kripo und würden gern mit Ihnen sprechen, Herr Finke.« Ich zückte meinen Ausweis.

Unwillig trat er einen Schritt zurück und ging voran. Wir folgten ihm in ein dunkles, ungelüftetes Wohnzimmer. Es stank säuerlich nach Schweiß, Rauch und abgestandenem Bier. Die Fenster waren mit verschlissenen Fetzen verhangen. Der Fernseher lief. Wir hatten den Herrn beim Pornoglotzen gestört. Das schien ihn nicht weiter zu stören. Er machte keinerlei Anstalten, seinen Flachbildfernseher auszustellen.

»Was hat sie denn nun wieder angestellt?« Er baute sich vor uns auf und steckte beide Daumen hinter die Träger seines schmutzigen Unterhemds.

Ich mochte nicht weiter über die Herkunft der hellen Flecken nachdenken, die seine graue Jogginghose schmückten. Demonstrativ stellte ich den Fernseher aus.

»Was soll'n das werden?«, fragte er aggressiv und machte einen Schritt auf die Glotze zu.

»Wir sind von der Mordkommission. Herr Finke, es ist etwas Schreckliches passiert ... Ihre Tochter Anja ist ermordet worden.«

Finke ließ sich rücklings auf den nächstbesten Sessel fallen und starrte uns aus blutunterlaufenen Augen verständnislos an. Wie in Zeitlupe griff er nach einer halbleeren Bierflasche, die auf dem Boden stand und sich in Gesellschaft von fünf leeren befand. Er setzte sie an die Lippen, schob den Kopf in den Nacken und trank sie ex.

»Herr Finke, haben Sie verstanden, was ich Ihnen gesagt habe?« Wir standen immer noch. Die versiffte Couch, auf der schmuddeliges Bettzeug lag, wirkte alles andere als einladend auf uns.

Er stierte vor sich hin. »Das musste ja mal so kommen. Ermordet ... Welches Schwein war das? Den mach ich kalt!« Hasserfüllt blickte er uns an und kratzte sich mit der rechten Hand unter der linken Achsel, aus der feuchte Haare wucherten.

Ich sah angeekelt weg. »Wir wissen noch nicht, wer die Tat begangen hat. Wir stehen ganz am Anfang. Wir brauchen Ihre Hilfe.«

»Wie kann ich 'n helfen? Ich weiß nix. Hat ja nie viel gesacht. Is nächtelang nich anne Burg gekommen. Da konnt ich nix gegen machen. Und in schlechte Gesellschaft isse auch geraten, meine Lütsche. Als se noch lütt war, war se so 'ne liebe Deern ...« Seine Stimme klang plötzlich weinerlich. Er schwamm im Selbstmitleid. »'n richtich kleinen Engel war se. Hab nie verstanden, warum se sich so verännert hat ...«

Ich schon. Dich als Vater zu haben, war sicher kein Zuckerschlecken. Ihr Lebenswandel ist bei diesem Elternhaus doch vorprogrammiert gewesen. »Sind Sie verheiratet?«

Er lachte bitter. »Nee, nich mehr, da kann ich von Glück sagen. Meine Olle is bei Nacht und Nebel abgehauen. Wech, einfach wech isse, nach 'n annern Kerl. Aber da bin ich längst über wech. Die kann mich mal.« Er wedelte unkontrolliert mit dem rechten Arm. »Ohne Grund und ohne ein Wort hat se die Fliege gemacht.« Er angelte nach einer Flasche Schnaps, die neben dem Sessel stand.

Den Grund konnte ich mir lebhaft vorstellen. »Und Anja ist bei Ihnen geblieben?« Das konnte ich mir beim besten Willen nicht vorstellen.

»Die olle Schlampe hat die Mädchen mitgenommen. Vor 'm Jahr stand Anja dann wie ein begossener Pudel vor meine Tür. Die ham se da rausgeschmissen. Typisch, wenn se mich fragen!«

Ich fragte ihn aber nicht.

»Und dann hat sie hier bei Ihnen gewohnt?« Conny sah sich angewidert im Zimmer um.

»Kann man so nich sagen. Wenn es ihr in 'n Kram passte, kam se für ein, zwei Nächte hier pennen. Dann war se wieder tagelang wech. Aus ihr is genau so 'n Flittchen geworden, wie ihre Mudder. Da brauchte man sich nur ihre Plünnen ankucken, da mussten die Männer ja scharf werden.« Er rülpste laut und völlig ungeniert.

»Wie meinen Sie das?«

»Weiß nich. Manchmal hatte ich das Gefühl, dass sie anschaffen ging.«

»Wie kommen Sie darauf?«

»Na, so wie sie angeplünnert war. Irgendwie nuttig.« Er nahm einen erneuten Schluck aus der Pulle.

»Wer waren ihre Freunde? Hat sie mal welche mitgebracht?«

Er schüttelte den Kopf. »Nee, sie kam immer alleine. Hat sich für mich geschämt und mich für Dreck gehalten. Das müssen Sie sich mal vorstellen. Schließlich bin ich ihr Vadder.« Er setzte die Kornflasche an die Lippen und ließ den Schnaps mit geschlossenen Augen, ohne abzusetzen, gluckernd die Kehle runterlaufen. »Ich kenn ihre Freunde nich. War bestimmt keine gute Gesellschaft.« Mit dem Handrücken wischte er sich über die feuchten Lippen. »Ein paar Mal habe ich gesehen, dass se mit den asozialen Russenpack von gegenüber gelabert hat.« Er machte eine fahrige Bewegung Richtung Fenster. »Das reinste Gesocks, kommt nix bei rum.«

»Gesocks gibt's überall«, sagte ich zweideutig und sah ihn herausfordernd an.

»Abschaum sind die. Genau wie die Kameltreiber. Könn'n nich mal richtig deutsch, vögeln deutsche Frauen, setzen 'n Haufen Kinner inne Welt und leben von unsere Steuergelder. So sieht das aus.«

Das sagte der Richtige. So wie ich den einschätzte, hatte der in seinem ganzen Leben noch keinen Cent Steuern bezahlt.

»Situationskomik pur«, flüsterte Conny, zog mit spitzen Fingern den Vorhang zurück und sah aus dem Fenster.

»Ich kenne eine Reihe fleißiger Aussiedler, die jeden Job machen und inzwischen Eigentumswohnungen oder Häuser besitzen.« Warum sagte ich das? Perlen vor die Säue geworfen. Egal, ich konnte das nicht so stehen lassen.

»Klar, denen wird doch alles in 'n Arsch geblasen«, er wedelte abfällig mit der rechten Hand und genehmigte sich einen nächsten Schluck. »Da müsste mal wieder jemand hart durchgreifen.«

Diese Platte wollte ich mir nicht antun. »Wir würden gern mal Anjas Zimmer sehen.«

»Man zu. Zweite Tür rechts.«

Auf dem Flur reichte ich Conny Einmal-Handschuhe und blaue Plastiküberschuhe, die ich für solche Fälle immer in meiner Tasche deponiert habe. Nachdem wir uns vorschriftsmäßig präpariert hatten, betraten wir Anjas Zimmer. Uns erwartete das Kontrastprogramm zum Rest der Wohnung. Ich staunte nicht schlecht. Blitzblank, alles penibel aufgeräumt. Auf dem Regal, über dem gemachten Bett, standen Puppen und Kuscheltiere fein säuberlich aufgereiht. Auf der Bettdecke thronte ein großer Teddybär, an der Wand hing eine rote Schultüte. Das war eher das Zimmer eines braven Mädchens, als das einer jungen Frau mit langjähriger Drogenkarriere.

Ich öffnete die oberste Schreibtischschublade und stellte fest, dass auch hier alles seine Ordnung hatte. Die Berufsschulhefte waren sauber und ordentlich geführt. Anjas Schrift war gut leserlich und die Zeichnungen sorgfältig angelegt.

Wie passte das zusammen? Ich drehte mich zu Conny um, die dabei war, den Kleiderschrank zu inspizieren. »Verstehst du das?«

»Das sollte man wohl einen Psychologen fragen. Sieh mal hier. Feinste Dessous.« Sie warf rote und schwarze Strapse, Torseletts und Seidenslips auf das Bett. »Cool.«

Ich ließ die Wäsche durch meine Fingern gleiten. Das war beste Qualität, kein billiger Fummel. Wie konnte sie sich so etwas leisten? Von ihrer Ausbildungsvergütung bestimmt nicht. Hatte der Fettsack nebenan gar nicht so Unrecht?

»Muss wohl einen spendierfreudigen Lover gehabt haben«, spekulierte Conny und hielt einen schwarzen Seidenslip hoch. »Vielleicht hat sie sich deshalb von diesem Richy getrennt.«

»Oder sie hat sich prostituiert«, sprach ich meine Vermutung aus und kramte weiter in den Schreibtischschubladen.

»Wow ...«

Connys Stimme klang so überwältigt, dass ich mich blitzschnell umdrehte. Um ihren Zeigefinger kreiste ein rotes Höschen, im Schritt offen. »Geiles Teil.« Sie warf es auf das Bett, griff nochmals in den Schrank und beförderte mit einem Siegerlächeln schwarze Lackpantys hervor. »Du liebe Zeit, die war bestens ausgestattet. Das sieht nicht nach Straßenstrich aus.«

»Nee, weiß Gott nicht. Sie muss irgendwo in einem Edelpuff gearbeitet haben. Fragt sich nur wo.«

Während Conny den Schrank weiter unter die Lupe nahm, fand ich in der Schublade einen Stapel Fotos, auf denen Anja gemeinsam mit einem jungen Mann zu sehen war, der mir bekannt vorkam. Klar, das war der Typ, der sich beim Mittagessen als Alphatier aufgespielt hatte. Hundertprozentig dieser Richy. Ich legte die Fotos einzeln auf den Tisch.

Ein Bild war beschädigt. Anja hatte das Gesicht eines jungen Mannes mit einer Schere oder Messer völlig unkenntlich gemacht, der Figur und Kleidung nach war es Richy. Der musste ihr übel mitgespielt haben, so wie das Foto aussah. Dazu konnte uns Mandy hoffentlich mehr erzählen.

»Komm, wir müssen leider noch mal nach nebenan, in den Saustall.«

Conny verzog das Gesicht und folgte mir ins Wohnzimmer, wo Finke auf dem Sofa lag und an die Decke stierte. Warum hatte ich kein Mitgefühl mit ihm? Vermutlich, weil mir in meiner beruflichen Laufbahn eine Reihe von Männern wie ihn untergekommen war, die in Selbstmitleid zerflossen, alle Schuld der Welt den Frauen in die Schuhe schoben und ihre Machtgelüste an Frau und Kindern austobten. Und dieses selbstmitleidige Arschloch hatte nicht mal gefragt, wie sein Kind ums Leben gekommen war und wo man es gefunden hatte.

***

Als ich fix und fertig gegen Mitternacht meine Wohnungstür aufschloss, roch es verführerisch nach gebratenen Schnitzeln. In der ganzen Aufregung hatte ich vergessen, meinen Beerbaum anzurufen, um den gemeinsamen Abend abzusagen. Bevor ich die Jacke ablegte, bückte ich mich zu Schimanski hinunter, der schnurrend um meine Beine strich, und streichelte den großen Tigerkater. »Hallo Schimi, wartest du auf Frauchen?«

Er sah mich vorwurfsvoll an und flitzte dann los Richtung Fressnapf.

In der Küche traf ich auf ein Chaos, das mich nicht wirklich überraschte. Wie brachten Männer es nur fertig, innerhalb kürzester Zeit die gesamte Küche in ein Schlachtfeld zu verwandeln? Es soll angeblich auch andere geben, aber ein solcher Exot hatte bisher noch nie den Weg in meine Küche gefunden. Ich war wirklich nicht pingelig und konnte gut über eine gewisse Unordnung hinwegsehen, aber das hier war ein starkes Stück. Das darf ja wohl mal gesagt werden, oder?

Aber erst musste Schimanskis Napf gefüllt werden, dann griff ich nach dem Teller, auf dem ein kaltes Schnitzel lag, nahm eine Flasche Bier aus dem Kühlschrank und ging ins Wohnzimmer. Auf dem Couchtisch lag ein Zettel: »Hallo, meine Süße, lass es dir schmecken und ruf mich an, wenn du Zuhause bist. Ich liebe Dich, Jo.« Na, wenigstens schien er nicht sauer zu sein. Aber ich hatte ihn ja auch nicht darum gebeten, für mich zu kochen. Das war jetzt gemein, aber der Gedanke beruhigte mein schlechtes Gewissen. Müde ließ ich mich auf die Couch fallen, legte die Füße auf den Tisch und biss hungrig in das Schnitzel. Der Tag hatte es in sich gehabt. Ich wollte nur noch meine Ruhe und so schnell wie möglich in die Falle.

***

Der Onkel, wie sie ihn hier nannten, trat aus dem Schlafzimmer auf den Flur, wo Linda, die Betreiberin des Studios bereits wartete, um ihm Mantel und Schirm zu reichen. Er stand auf kleine Mädchen, war ein angenehmer und großzügiger Gast, der noch nie Ärger gemacht hatte.

»Ich hoffe, Sie waren zufrieden?«

»Sie war nicht überzeugend. An Susi kommt sie nicht ran. Muss noch viel lernen, die Kleine.« Er legte einige Scheine auf die Garderobe und sah Linda fragend an. »Wann ist Susi wieder da?«

Linda machte ein bedauerndes Gesicht. »Tut mir leid, sie arbeitet nicht mehr bei mir.«

Seine Enttäuschung war nicht zu übersehen. »Schade. Ich muss wohl davon ausgehen, dass Sie mir ihr neues Studio nicht verraten werden?« Er sah in den Spiegel und strich kurz über seine graue Föhnfrisur, die ein Spitzenfriseur tipp topp in Form gebracht hatte.

»Ich weiß wirklich nicht, wo sie abgeblieben ist. Sie ist von heute auf morgen nicht mehr erschienen. Meine Mädels arbeiten hier freiwillig. Wenn sie keine Lust mehr haben, werde ich sie nicht zwingen. Aber ich verspreche Ihnen, dass Sie das nächste Mal zu Ihrer vollsten Zufriedenheit bedient werden. Wieder Kindergeburtstag mit Wackelpudding und Schokoküssen?«, fragte sie professionell.

Man sah ihr nicht an, was sie von dieser Art Sex-Spielchen hielt. Sie würde auch nie offenbaren, dass sie seinen richtigen Namen kannte und wusste, welche Position er beruflich bekleidete. Hin und wieder zierte sein Foto die Bremer Tageszeitung und kein Mensch käme auf den Gedanken, dass er sich regelmäßig von Mädchen in Kinderkleidchen in Stimmung bringen ließ.

Er überlegte einen kurzen Moment. »Nein, wenn Sie ein Kinderzimmer mit viel Spielzeug vorbereiten würden? Und nicht das Matrosenkleid, sondern das hellblaue Perlonkleid mit Petticoat?«

Linda lächelte verständnisvoll. »Alles nach Ihren Wünschen. Ich verspreche Ihnen, Sie werden in Zukunft zufrieden sein. Auf Wiedersehen.« Sie reichte ihm ihre schmale Hand mit den gepflegten Nägeln und schloss die Tür. Den Onkel konnte sie auf keinen Fall vergraulen, der war einfach zu wichtig für den Laden. Kam regelmäßig jede Woche, bezahlte gut und hatte Kontakte zur sogenannten guten Gesellschaft der Stadt.

***

Verschlafen sah ich auf den Wecker. Ich hatte es befürchtet. Erst fünf Uhr. Neben mir hörte ich ruhige und entspannte Atemzüge. Nachdem ich auf der Couch eingeschlafen war und meinen Beerbaum nicht mehr angerufen hatte, war er gegen ein Uhr bei mir aufgetaucht, um nachzusehen, ob alles in Ordnung war. Wir hatten noch gemeinsam eine Flasche Bier getrunken, bevor ich todmüde ins Bett gefallen war. Er schlief selig wie ein Baby. Zu meinen Füßen lag Schimanski, der nicht von der Stelle wich. Mein Neid war beiden sicher.

Seit Monaten wachte ich mit konstanter Regelmäßigkeit zwischen vier und fünf Uhr auf und konnte bis zum Weckerklingeln kein Auge mehr zumachen. Es gab Nächte, in denen ich aufgestanden bin und gebügelt habe. War das schon senile Bettflucht?

Ich dachte an die gestrigen Vernehmungen. Mit großem Zeitaufwand hatten wir so gut wie nichts herausbekommen. Außer Mandy wollte keiner etwas über Anjas Privatleben gewusst haben. Streitigkeiten hatte es angeblich mit Anja nicht gegeben. So was gab es doch gar nicht. Die kamen mir vor, als bildeten sie eine Mauer des Schweigens. Bei einigen hatte ich das Gefühl, dass sie vor irgendetwas Angst hatten. Aber wovor? Oder vor wem?

Auch diese Mandy, Anjas beste Freundin, wusste mehr, als sie zugab, das sagte mir mein Instinkt. Sie hatte hemmungslos geweint, als sie von Anjas Ermordung erfuhr. Obwohl sie beteuerte, dass Anja keine Feinde gehabt habe und sie sich nicht vorstellen könne, wer ihre Freundin auf dem Gewissen habe, wurde ich das Gefühl nicht los, dass sie mir etwas erzählen wollte, sich aber nicht traute. Sie bestätigte, dass Anja sich von Richy getrennt habe, weil er sie ständig betrog. Von der Schwangerschaft hatte sie angeblich nichts gewusst. Sie glaubte, dass Anja ihren Zustand noch gar nicht bemerkt hatte, da sie ihre Regel immer unregelmäßig bekam. Das könnte Sinn machen.

Auf die Frage nach dem Vater hatte sie kurz nachgerechnet und war zu der Überzeugung gekommen, dass nur Richy in Betracht kam. Nach der Trennung von Richy habe Anja keinen festen Freund gehabt. Richy habe auf die Trennung zunächst sehr wütend reagiert, mit der Zeit aber Ruhe gegeben. Natürlich habe ich mich erkundigt, wozu Anja die teuren Dessous benötige. Da wurde sie äußerst einsilbig und stellte sich ahnungslos. Sie stritt vehement ab, dass Anja sich prostituiert haben könnte. Während der Drogenzeit klar, sogar übelstes Milieu. Ob ich auch nur den Hauch einer Ahnung habe, wie erniedrigend das sei, hatte sie mich mit Tränen in den Augen gefragt. Das mache keine Frau freiwillig. Es klang fast so, als hätte auch sie einschlägige Erfahrungen auf diesem Gebiet. Sie gab an, am Abend vor Anjas Verschwinden allein zu Hause gewesen zu sein und dass sie ihre Freundin zuletzt in der Werkstatt gesehen habe.

Richy war nicht zur Vernehmung erschienen. Von Wagenfeld hatte ich erfahren, dass er gleich nach unserem Besuch die Werkstatt unentschuldigt verlassen hatte und nicht wieder aufgetaucht war. Hatte sein Verschwinden etwas mit unserem Besuch zu tun? Wusste er vielleicht, warum wir dort aufgeschlagen waren?

Außer Richy und dem Hausmeister, der zum Termin ebenfalls nicht erschienen war, hatten alle männlichen Beteiligten ohne Widerstand an dem Speicheltest teilgenommen. Man durfte gespannt sein, was dabei herauskommen würde.

Früher Vogel fängt den Wurm. Mit dieser Weisheit im Kopf stieg ich leise aus dem Bett.

***

Die Laube war heruntergekommen und verwahrlost. Sie lag in einem Parzellengebiet am östlichen Stadtrand. Sie diente Richy als Unterschlupf und als Versteck für Drogen.

Richy lümmelte sich auf dem alten zerfledderten Sofa und sah ungeduldig auf die Uhr. Jetzt könnte Alex mal langsam antanzen. Er stand auf und holte sich eine Dose Bier aus dem abgeschabten Küchenschrank.

Dann hörte er das Gartentor quietschen, und bald darauf öffnete sich die Tür zur Laube. Alex. Und er führte Mandy am Arm. Unsanft stieß er sie in den Raum.

»Bist du durchgeknallt? Warum bringst du sie hierher?«, brüllte Richy aufgebracht.

»Komm runter, die Nutte will dir was sagen.« Alex rammte seinen Ellenbogen in Mandys Rippen. »Los, spuck es aus. Mach schon.«

Mandy verzog das Gesicht und hielt sich die Seite. Sie schlotterte vor Angst.

»Hör auf damit«, herrschte Richy Alex an. »Blaue Flecken können wir uns nicht leisten, du Idiot.«

»Die war auf dem Weg zu Wagenfeld. Ich konnte sie gerade noch abfangen. Die wollte uns verpfeifen.«

»Nein, Richy. Bestimmt nicht. Ich verpfeif euch nicht.«

Richy stand auf, griff ihr in den Nacken und drückte kräftig zu. »Du wolltest ihm nicht zufällig sagen, dass du mich für Anjas Mörder hältst? Das tust du doch?«

Mandy krümmte sich vor Schmerzen. »Das würde ich nie tun. Bitte Richy, lass mich los.« Erleichtert spürte sie, dass er seinen Griff lockerte.

»So ist es brav.« Seine Stimme klang geradezu einschmeichelnd. Er zog sie an sich und warf Alex einen vielsagenden Blick zu. »Verpiss dich, in einer Stunde kannst du sie abholen.«

***

Ich nahm die Abfahrt Bremerhaven-Wulsdorf. Stop-and-go auf der Weserstraße. Meine ohnehin nicht sehr ausgeprägte Geduld wurde auf eine harte Probe gestellt. Auf der Weserstraße, Ecke Lindenallee, hatte es gekracht. Daher der Rückstau. Ein eifriger Kollege von der Schutzpolizei, im neuen blau-schwarzen Dress und mit klischeehaftem Pornobalken unter der Nase, ruderte übereifrig mit den Armen.

Ist ja gu-hut ... ich fahr ja schon. Langsam rollte der Wagen an den verkanteten Unfallfahrzeugen vorbei, während ich mit einem mulmigen Gefühl an das bevorstehende Gespräch mit Anjas Mutter dachte. Ich hatte mich telefonisch angemeldet und war etwas erleichtert, dass sie bereits von Mandy erfahren hatte, dass ihre Tochter ums Leben gekommen war. So blieb mir wenigstens diese undankbare Aufgabe erspart.

In der bürgerlichen Straße, in der Anjas Mutter wohnte, tobte nun wirklich nicht das pralle Leben. Sie lag wie ausgestorben da. Hinter der angegebenen Adresse verbarg sich ein ganz normales Reihenhaus. Im Vorgarten blühten bunte Astern, hinter den blankgeputzten Scheiben hingen fein gekräuselte, schneeweiße Gardinen. Ich klingelte und betrachtete das getöpferte Namensschild: »Hier wohnen Heidi, Bernd, Julia und Sissi Schade!«

»Frau Butenschön?« Die Frau, die die Tür öffnete, war mir auf Anhieb sympathisch. Das ultimative Kontrastprogramm zum versoffenen und schmierigen Ex-Mann. Ich war erleichtert. Sie trug Jeans, ein schwarzes T-Shirt und mochte plus minus vierzig sein. Die blonden Haare, ihre Augen- und Mundpartie erinnerten mich an das Foto von Anja. »Bitte kommen Sie herein.« Sie ging voraus und kickte im Vorbeigehen ein Paar Turnschuhe, die auf dem staubfreien Laminat lagen, an die Seite.

»Schön haben Sie es hier.« Ich sah mich in dem hellen Flur um und dachte zwangsläufig an die verdreckte Wohnung des verlassenen Ehemannes.

»Gehen wir in die Küche. Meine Töchter kommen gleich nach Hause, ich koche gerade das Mittagessen.« Heidi Schade ging zum Herd und schob den Topf noch gerade rechtzeitig vor dem Überkochen von der Platte.

Die Küche war gemütlich eingerichtet und picobello sauber. Ich setzte mich an den großen Holztisch. Auf dem Küchenschrank fielen mir Gesellschaftsspiele auf, die ordentlich gestapelt waren. Hier spielte man noch mit den Kindern.

»Würden Sie mir bitte sagen, wie meine Tochter ums Leben gekommen ist?« Ihre Finger krampften sich um den Küchenstuhl und ihre Augen füllten sich mit Tränen.

In solchen Momenten hasste ich meinen Beruf. Nachdem ich ihr die Auffindesituation und das Obduktionsergebnis schonend beigebracht hatte, saß sie wie erstarrt auf der Eckbank und sah stumm aus dem Fenster.

»Ihr Ex-Mann ist nicht wie vereinbart erschienen, um Anja zu identifizieren ... Ich muss Sie bitten, das zu übernehmen.«

Sie nickte stumm.

»Es tut mir leid, Frau Schade ... Ich muss Ihnen noch ein paar Fragen stellen ...« stotterte ich und wünschte mich weit weg.

Sie drehte sich um und sah mich aus traurigen Augen an. »Vielleicht wäre das nicht passiert, wenn ich Anja nicht rausgeschmissen hätte. Es ist meine Schuld. Nicht wahr?«

»Nein, Frau Schade, das ist nicht Ihre Schuld.«

Ich sah, dass sich ihre Augen mit Tränen füllten. Es war immer dasselbe, und ich wusste einfach nicht, was ich für die Angehörigen in ihrer Verzweiflung tun konnte.

»Ich wusste mir damals einfach keinen Rat mehr. Sie war in Kreise geraten, die sie immer weiter runterzogen. Sie entglitt mir immer mehr ...« Hilflos sah sie mich an.

»Anja war bis vor einem Jahr drogenabhängig, wussten Sie das?«

»Das war ja das Problem. Es gab ständig Ärger mit ihr. Ich bin wieder verheiratet, und mein Mann hat sich so viel Mühe mit Anja gegeben. Er ist so ganz das Gegenteil von meinem ersten Mann. Er trinkt nicht, hat als Buchhalter einen relativ sicheren Arbeitsplatz und ist gut zu mir und den Kindern, was will man mehr?«

Gute Frage. Für sie musste ihr jetziges Leben ja der Himmel auf Erden sein, dachte ich und bedauerte, dass das Prachtexemplar von Ehemann nicht anwesend war.

»Meine Töchter behandelt er, als wären sie seine eigenen. Aber Anja war so undankbar, kam mit meinem Mann überhaupt nicht klar. Ich habe das einfach nicht verstanden. Einen scheinheiligen Spießer hat sie ihn genannt, das muss man sich mal vorstellen. Anja hielt sich an keine Regeln, kam und ging, wie es ihr gefiel, behandelte uns wie Luft und letztendlich hat sie uns immer wieder beklaut. Es ging einfach nicht mehr. Meine Ehe wäre daran zugrunde gegangen, und was wäre dann aus Julia und Sissi geworden? Mir blieb keine andere Wahl, als sie rauszuschmeißen.« Sie zog ein Tempotaschentuch aus der Hosentasche und putzte sich die Nase. »Sie hat alles gestohlen, was nicht niet- und nagelfest war. Als dann meine Goldkette verschwand, die ich von meinem Mann zur Hochzeit bekommen habe, war der Ofen endgültig aus. Ich muss auch an meine jüngeren Töchter denken. Anja hatte keinen guten Einfluss auf die beiden.«

»Wie alt sind Ihre Töchter?«, wollte ich wissen.

»Julia ist fünfzehn und Sissi dreizehn. Kein leichtes Alter. Als Anja noch hier wohnte, fing auch die Julia schon an, sich herumzutreiben.«

Ich fragte mich, warum sie keine Hilfe von außen geholt hatte. Es gab doch genügend Anlaufstellen. »Anja soll ein ganzes Jahr clean gewesen sein.«

Sie nickte. »Ich hatte es gehofft. Nachdem sie hier rausgeflogen war, hat sie freiwillig einen Entzug und eine Therapie gemacht. Sie hat mir aus der Klinik eine Karte geschickt. Ich habe ihr daraufhin einen Brief geschrieben und ihr in Aussicht gestellt, dass sie hier wieder einziehen kann, wenn sie durchhält. Sogar mein Mann war damit einverstanden, was ich ihm hoch angerechnet habe.«

»Und dann ist sie zu Ihrem geschiedenen Mann gegangen. Warum?«

Heidi Schade zuckte resigniert mit den Schultern. »Keine Ahnung. Wir haben das auch nicht verstanden. Vielleicht hat sie mir den Rauswurf nicht verziehen. Aber wieder in dem Dreckloch ihres Vaters zu leben, das habe ich nie kapiert.«

Ich auch nicht, dachte ich. Sie hätte es hier doch so schön haben können. Vielleicht hing das ja mit ihrem Stiefvater zusammen? Wer weiß, auf wen Heidi Schade sich diesmal eingelassen hatte? Klang ja ganz positiv, was sie über ihn erzählte. Aber wie oft hatte ich mir in meiner Laufbahn Lobeshymnen über liebevolle Ehemänner anhören müssen, die sich bei näherem Hinsehen als brutale Schläger entpuppt hatten?

»Wussten Sie, dass Anja eine überbetriebliche Ausbildung zur Tischlerin angefangen hatte?« Ich sah in ein erstauntes Augenpaar.

»Was? Nein, das habe ich nicht gewusst. Anja und eine Ausbildung? Ich fass es nicht.«

»Ich habe ihre Schulhefte und Zeichnungen gesehen, alles tipp topp. Sie hätte es schaffen können.«

»Das Zeug dazu hatte sie. Als sie klein war, war sie eine sehr gute Schülerin. Ich war so stolz auf meinen kleinen Engel. Und wenn dieser Kerl nicht gewesen wäre, mit dem sie sich rumgetrieben hat ... Der hat sie auf die schiefe Bahn gebracht. Das fing an, als Anja zwölf war.« Ihre Augen füllten sich wieder mit Tränen.

Ich wurde hellhörig. »Ein Junge?«

»Richard Manske. Der wohnte in unserem Hochhaus. Kam aus ganz zerrütteten Verhältnissen. Vater arbeitslos und Alkoholiker, hat seine Frau geschlagen, bis sie keinen Ausweg mehr wusste und sich umgebracht hat. Und ich glaube, es war sogar der Junge, der sie gefunden hat.«

»Kann es sein, dass sein Spitzname Richy ist?«

Sie nickte. »Ja, genau. Richy ... Den Namen fand er cool. Ich war so froh, als wir dort wegzogen und der Kontakt zu ihm abbrach. Anja war wie umgewandelt. Ging wieder regelmäßig in die Schule, kam mit guten Noten nach Hause und trieb sich nicht mehr herum. Bis er dann eines Tages hier vor der Tür stand. Da ging alles von vorne los. Dieser miese kleine Dealer hatte sie voll im Griff.«

Bevor ich darauf eingehen konnte, hörte ich, wie die Haustür geöffnet wurde.

»Mein Mann. Das ist ja eine Überraschung, dann konnte er sich ja doch freimachen.« Heidi Schade sprang auf und eilte in den Flur.

Ich spähte durch die Tür und beobachtete, wie sie ihrem Mann die Wange zum Kuss hinhielt und gleichzeitig seinen Aktenkoffer in Empfang nahm. Na, da hatte ich ja Glück und konnte den treusorgenden Ehemann doch noch in Augenschein nehmen.

»Das ist mein Mann«, sagte sie stolz. »Frau Butenschön, von der Bremer Mordkommission, wegen Anja.«

Bernd Schade war nicht gerade ein Mann, den ich als attraktiv einstufen würde. Farblos und unscheinbar traf es eher. Aber schließlich zählen ja die inneren Werte, rief ich mich zur Ordnung und reichte ihm die Hand.

Nachdem ich mit Heidi Schade einen Termin in der Rechtsmedizin vereinbart hatte, verabschiedete ich mich von den beiden und war froh, das Haus wieder verlassen zu können.

Ich konnte nicht mit ansehen, wie devot sich die Frau ihrem Mann gegenüber verhielt. Kaum hatte er die Küche betreten, war Heidi Schade zu einem verhuschten Mäuschen mutiert, das nicht bis drei zählen konnte. Das weitere Gespräch hatte sie ihrem Mann überlassen, der kein gutes Haar an Anja ließ. Keine Spur von Trauer. Was immer sie mir vorher über seinen liebevollen Umgang mit ihren Töchtern gesagt hatte, ich hatte den Eindruck, dass er richtig froh war, Anja los zu sein. Heidi Schade hatte ihre Tochter nicht mit einem Wort verteidigt. Ein selbstherrlicher und selbstgerechter Armleuchter, war mein Fazit nach diesem Besuch.

***

»Du willst mich erpressen, du miese Schlampe?« Richy schäumte vor Wut. Das hätte er ihr nicht zugetraut. Bisher hatte sie doch immer alles gemacht, was von ihr verlangt wurde. »Was sollen das denn für Beweise sein?«

Mandy entschuldigte sich im Stillen bei Anja, dass sie es nun doch verraten musste, aber sie wusste nicht mehr, wie sie sich helfen sollte. »Anja hat mir Unterlagen gegeben, die euch belasten. Ihr seid dran, wenn ich die der Bullerei gebe«, bluffte sie. Tatsächlich hatte sie keine Ahnung, was in dem Umschlag war.

»Hätte ich mir doch denken können, dass du den Umschlag hast. Wo ist er?«

»Du weißt davon?«, fragte sie erschrocken.

»Ja klar. Der Boss ist ganz heiß darauf, sagt Bode. Also los, spuck schon aus, wo hast du ihn?«

»Erst wenn du mir versprichst, dass ich nicht mehr in den beschissenen Puff muss.«

Er griff ihr in den Nacken und schüttelte sie heftig. »Du stellst Bedingungen? Ich glaub, ich spinne.« Er schmiss sie brutal aufs Sofa. »Hast du etwa Wagenfeld davon erzählt?«

»Quatsch. Ganz bestimmt nicht.«

»Du sagst mir sofort, wo du den Umschlag versteckt hast, sonst ...« Er hob drohend den Arm, schlug aber nicht zu.

»Sonst bringst du mich um, wie Anja?« Mandy schossen Tränen in die Augen. Richys Finger gruben sich brutal in ihre Haut. Der Schmerz war unerträglich. Sie hätte sich doch Wagenfeld anvertrauen sollen. Aber jetzt war es zu spät. Es war ein Fehler gewesen, dass sie die Unterlagen ins Spiel gebracht hatte. Richy würde alles dransetzen, sie zu bekommen. Alles! Rücksichtslos.

»Ich habe Anja nicht umgebracht, wie oft soll ich dir das noch sagen!« Wütend schubste er sie vom Sofa auf den schmutzigen Boden und stellte einen Fuß auf ihren Bauch. Er genoss seine Macht. Mitleid ließ er nicht gelten.

Mit ihm hatte auch kein Mensch Mitleid gehabt, nachdem er seine Mutter mit aufgeschnittenen Pulsadern in der Badewanne gefunden hatte. Alles voller Blut, eine schreckliche Schweinerei. Sie hatte ihn immer vor den Schlägen des Alten beschützt. Warum hatte sie ihn im Stich gelassen, ihn mit der ganzen Scheiße allein gelassen? Hatte sich damals irgendjemand für ihn interessiert? Sein Alter war schnell zur Tagesordnung übergegangen, die darin bestand, sich volllaufen zu lassen und billige Flittchen ins Haus zu holen. Nicht mal die hatten es lange bei dem ausgehalten. Um ihn hatte sich keiner geschert. Er hatte schnell gelernt, dass man keine Schwäche zeigen darf. Wenn er nachts im Bett weinte, hatte es Schläge gesetzt. Sein Alter wollte einen ganzen Kerl zum Sohn, keinen Waschlappen. Nach seinem ersten Bruch hatte der Alte ein Fass aufgemacht. »Jetzt bist du endlich erwachsen geworden«, hatte er stolz verkündet.

Mandy nahm ihren ganzen Mut zusammen. »Wenn ich nicht mehr anschaffen muss, dann kriegst du die Sachen.«

Die Antwort war ein kräftiger Tritt in die Seite. Sie schrie auf. »Hör endlich auf damit. Wenn du mir nicht sofort sagst, wo diese beschissenen Unterlagen sind, bringt Alex dich zu Bode. Und der macht Kleinholz aus dir, das kann ich dir sagen.«

»Bitte nicht«, winselte sie und versuchte, sich aufzusetzen. »Wenn du mich nicht mehr schlägst, bekommst du alles.« Das klang kleinlaut und unterwürfig.

»Geht doch, Süße.« Grinsend gab er ihr die Hand und half ihr auf.

Mandy rappelte sich hoch. Die Schmerzen waren unerträglich. »Dann komm, wir holen die Unterlagen.« Ängstlich registrierte sie sein triumphierendes Lächeln. Sie wusste, dass sie aus dieser Nummer nicht wieder herauskommen würde. Es sei denn ...

Und dann ging plötzlich alles ganz schnell. Richy bückte sich, öffnete die unterste Tür des alten Küchenschrankes, um sich ein Bier herauszuholen. Mandy ergriff den Baseballschläger, der neben der Tür stand und zog ihn Richy kräftig über den Kopf. Sie beob-

achtete, wie er kraftlos zur Seite fiel und sie aus ungläubigen Augen anstarrte, bis sie sich langsam schlossen. In panischer Angst rannte sie aus der Laube. Nur weg, bevor Alex hier auftauchte. Wie von Furien gejagt, lief sie den langen Kiesweg entlang Richtung Straßenbahn. Er ist tot, er ist tot, er ist tot, hämmerte es bei jedem Schritt in ihrem Kopf.

***

Ich schlenderte durch das neuerbaute *Mediterraneo* und fühlte mich wie in einer Kleinstadt am Mittelmeer. Und das in Bremerhaven. Ich staunte nicht schlecht. Hier präsentierte man den Besuchern das Ambiente eines mediterranen Stadtzentrums mit Piazza, Arkadengängen, einem Markt und Wasserspielen. Kleine Geschäfte mit auserlesenen Angeboten. Die neueste Mode aus Mailand und, mein Herz schlug höher, ein feines Schuhgeschäft, das ich umgehend betrat. Schuhe, ich brauchte dringend neue Schuhe, nachdem ich meine besten am letzten Tatort so versaut hatte.

Ich wurde fündig und bezahlte mehr, als mein Konto zur Zeit hergab. Danach bummelte ich auf der sogenannten La Strada und fand mich auf einer Piazza unter einer großen Glaskuppel wieder. Ich ergatterte ein freies Plätzchen und bestellte einen Espresso, den ich mir redlich verdient hatte. Beim Plätschern des Wasserbrunnens entspannte ich mich.

Der Besuch bei der Familie Schade ging mir jedoch nicht aus dem Kopf. Ich wurde das Gefühl nicht los, dass die mir eine heile Welt vorgespielt hatten. Dieser Bernd Schade war mir zutiefst unsympathisch, und mein Bauchgefühl täuschte mich selten. Nicht ganz unschuldig daran war die Reaktion der beiden Töchter, die mir an der Gartenpforte begegnet waren. Ich hatte gerade noch mitbekommen, wie Julia auf das Auto zeigte, das vor dem Haus stand, und überrascht ausrief: »Scheiße, der Alte ist da. Was macht der Wichser denn schon zu Hause?« Vielleicht war Bernd Schade doch nicht so unschuldig daran, dass Anja nicht wieder nach Bremerhaven gezogen war? Interessant war der Hinweis, dass Richy gedealt hatte und, nach Ansicht von Frau Schade, Schuld an Anjas Drogensucht hatte. Da konnte ich ansetzen, wenn er nachher mit Wagenfeld ins Präsidium kam.

Noch im Auto hatte ich versucht, meine Kollegin Marlene Wischhusen bei der Bremerhavener Mordkommission zu erreichen. Ich erfuhr, dass sie Urlaub hatte. Nachdem sie nicht ans Handy gegangen war, hatte ich ihr auf die Mailbox gesprochen, dass ich dienstlich in Bremerhaven sei und sie mich in der nächsten Stunde hier noch erreichen könne. Wir hatten uns auf einer Fortbildung kennengelernt und uns angefreundet. Die Chemie hatte vom ersten Augenblick an gestimmt. Unsere Kollegen fanden das nicht so prickelnd. Das Verhältnis zwischen den Bremern und den Bremerhavenern war nicht gerade das beste. Wir sind für die Bremerhavener die Pfeffersäcke und die Bremerhavener für uns die Fischköppe. Da ich generell etwas gegen Vorurteile habe, kümmerten mich derartig alberne Befindlichkeiten nicht und ich traf mich mit Marlene, so oft sich die Gelegenheit bot. Nur ergab sie sich leider viel zu selten.

Ich vertiefte mich in ein Faltblatt, das ich am Touristik-Schalter mitgenommen hatte. Es war schon beachtlich, was die Seestadt in den letzten Jahren auf die Beine gestellt hatte. Binnen kürzester Zeit hatte sich die Kulisse der Stadt durch das Mediterraneo, Klimahaus, Deutsches Auswandererhaus und ATLANTIC Hotel SAIL City total verändert. Das musste ich als Bremerin einfach neidlos anerkennen.

Hinter mir hörte ich eine Frauenstimme, die sich in typisch schwäbischer Mundart darüber aufregte, wie schrecklich der Kartoffelsalat heute Mittag geschmeckt habe. Klar, den heiligen schwäbischen Kartoffelsalat, den gab es im Norden freilich net. Ich drehte mich um und musste lächeln: Ein typischer schwäbischer Stöckeles-Club auf Reisen. Das Szenario erinnerte mich an meine Dienstzeit in Stuttgart, die unvergessen war.

»Hoch d'r Kolba, nei d'r Zinken, morga müss m'r Wasser trenka. Proscht!« Amüsiert schmunzelte ich in mich hinein, als ich den schwäbischen Trinkspruch im Rücken hörte.

Mein Handy klingelte. Ich hatte bei dem Lärm Mühe, Marlene zu verstehen. Sie sei zwischenzeitlich umgezogen und habe gerade Handwerker im Keller, erklärte sie mir. »Ist nicht weit, komm her ...« Der Rest ging im Lärm unter. Ich verstand nur so viel, dass ihr neues Domizil in Dedesdorf lag, direkt hinter dem Deich.

Das hörte sich gut an und ich war versucht, sofort meine Zelte abzubrechen und dorthin zu fahren. Die Vernunft siegte und ich rief mich zur Ordnung. »Tut mir leid, jetzt ist es doch zu spät geworden, ich muss zurück, habe noch eine Vernehmung.« Zu gern hätte ich mir das Haus angesehen, und ein Wiedersehen mit Marlene wäre mir heute gut reingelaufen. Aber die Arbeit rief.

Bevor ich zu meinem Auto in die Tiefgarage ging, ließ ich mir am Deich noch schnell eine Brise Wind um die Nase wehen.

***

Ich war stinksauer. Da hatte ich mich abgehetzt, um rechtzeitig zur Vernehmung wieder im Präsidium zu sein, und der Rotzbengel ließ mich warten. Fehlte nur noch, dass Kathenkamp auftauchte und nach den neuesten Ergebnissen fragte.

»Wo ist eigentlich Didi?«, fragte ich Knoll, der sich an seinem PC zu schaffen machte.

»Vermisst du ihn?«

»Nicht wirklich. Sag mal, kam der dir heute auch so merkwürdig vor?«

»Wo du das sagst ... Ja stimmt, irgendwie neben der Kapp. Ich hab ihn heute Mittag im Viertel gesehen, der lief da ziemlich planlos durch die Gegend«, verriet er mir und hörte nicht auf zu lächeln.

»Im Viertel? Was macht der denn da?« Für gewöhnlich verließ Didi über Mittag nicht das Präsidium.

»Ich bin ja keine Tratschtante und eigentlich sollten wir Männer auch zusammenhalten ...«

»Nun mach es mal nicht so spannend. Sag bloß Helenenstraße.« Sollte ein Witz sein. Dass unser Chef mittags in den Puff ging, konnte ich mir wahrhaftig nicht vorstellen.

»Nicht Helenenstraße. Er hat auf dem Straßenstrich ein paar von den Mädels angesprochen, wenn du weißt, was ich meine. Vielleicht hat er Notstand.«

»So ein Quatsch. Deine Phantasie geht mal wieder mit dir durch, Kollege. Oder willst du mich vielleicht auf den Arm nehmen?«

»Glaub es, oder glaub es nicht. Ich bin doch nicht blind.«

»Ist ja gut! Lassen wir das, wir haben hier wichtigere Dinge zu tun, als unserem Chef etwas anzuhängen. Ich habe mich zwischenzeitlich schlaugemacht. Richy hat tatsächlich einiges auf dem Kerbholz: Nötigung, Körperverletzung, Autodiebstahl, Drogenvergehen. Da kommt einiges zusammen.« Wo blieb der Kerl bloß?

Klaus Wagenfeld betrat das Büro. Allein. Nun war ich aber mal gespannt, wie er mir das erklären würde. Nachdem Richy gestern nicht in der Ausbildungswerkstatt aufgetaucht war, hatte der Sozialpädagoge mir versprochen, heute Nachmittag mit ihm ins Präsidium zu kommen.

»Hallo, Frau Butenschön, hallo Herr Knoll. Tut mir leid, Richy ist heute nicht zur Arbeit erschienen und zu Hause ist er auch nicht.« Auf seinem Gesicht machte sich Bedauern breit. Er reichte mir die Hand und setzte sich auf den Besucherstuhl vor meinem Schreibtisch.

»Na toll.« Langsam wurde es mir zu bunt. »Können Sie sich sein Verschwinden erklären? Könnten Sie sich vorstellen, dass er etwas mit Anjas Tod zu tun hat?«

»Mit Anjas Tod?«, fragte Wagenfeld und schüttelte den Kopf. »Richy ist bestimmt kein Engel, aber einen Mord traue ich ihm nun wirklich nicht zu. Er verschwindet häufiger mal für ein paar Tage. Er gehört zu den Azubis, die äußerst schwierig sind. Er kann sich schlecht unterordnen und wenn ihm etwas querkommt, dann entzieht er sich schon mal. Er hat Schwierigkeiten mit Autorität. Das liegt in seiner Kindheit ...«

»Bitte nicht diese Platte«, fuhr ich ihm ins Wort. »Und was ist ihm jetzt quergekommen, dass er meint, sich entziehen zu müssen?«

»Ärger mit seinem Meister. Der übt zu großen Druck auf Richy aus.«

Dazu wollte ich mich besser nicht äußern. »Richy ist kein unbeschriebenes Blatt. Sie wissen genau, was er schon auf dem Kerbholz hat. Das muss ich Ihnen doch nicht erklären.«

»Wie gesagt, ich traue ihm vieles zu, aber das nicht.«

»Und Sie wissen wirklich nicht, wo er sich aufhalten könnte?«

Wagenfeld zuckte resigniert mit den Schultern. »Ich habe seine Stammkneipen und alle Plätze abgesucht, wo er sich sonst rumtreibt, nichts. Ich hätte ihn hierhergebracht, wenn ich ihn aufgetrieben hätte, das können Sie mir glauben. Aber ich mach mir keine Sorgen , der taucht bestimmt wieder hier auf.«

Nee, mein Lieber, so haben wir nicht gewettet, tobte es in mir. »Wenn er bis morgen früh acht Uhr nicht vor mir sitzt, geht eine Fahndung raus, ist das klar?«

Er nickte betreten. »Ich werde mich weiter umhören, unser Hausmeister weiß vielleicht mehr, der kümmert sich häufig nach Feierabend um die Jugendlichen.«

Ein Hausmeister mit sozialpädagogischen Ambitionen war mir neu. »Ach ja, der Hausmeister, der war ja gestern auch nicht anwesend«, stellte ich fest. »Ist der denn heute da?«

»Glaub schon. Armin Bode wohnt in der Einrichtung. Kleine Einliegerwohnung, neben der Werkstatt. Wollen Sie seine Handy-Nummer?« Er fummelte ein Handy aus der Hosentasche.

Ich nickte. Armin Bode, irgendwo hatte ich den Namen schon gehört. Ich notierte seine Nummer. »Dieser Richy hat doch bestimmt ein Handy.«

»Abgestellt«, konterte er und stand auf. »Ich geh dann mal. Wenn sich was tut, sag ich Bescheid.«

Entnervt sah ich ihm nach. Das konnte ja heiter werden.

Und plötzlich wusste ich, woher ich den Namen des Hausmeisters kannte. Aber das war unmöglich. Konnte sich nur um eine zufällige Namensübereinstimmung handeln. Dennoch, ich benötigte ganz schnell die genauen Daten dieses Herrn.

***

Etwas müde und noch nicht ganz auf Betriebstemperatur setzte ich unsere Kaffeemaschine in Gang. Ich sah auf die Uhr. Wo blieb Conny? Knoll glänzte auch noch durch Abwesenheit.

Mein Beerbaum hatte mich gestern Abend zur A.R. Penck-Ausstellung ins Museum Weserburg geschleppt. Anfänglich hielt sich meine Lust auf Bilder mit politischen Inhalten in Grenzen, aber dann habe ich es doch nicht bereut. Besonders seine dicht gedrängten Strichmännchen zwischen allen möglichen graphischen Elementen auf großen Leinwänden hatten uns begeistert. Auch wenn ich vor hundert Jahren mein Kunststudium geschmissen habe, hat mein Interesse an den Werken vor allem moderner Künstler nicht nachgelassen.

Danach sind wir zu Jo ins Atelier gefahren und haben bei einer Flasche Rotwein bis in die Nacht hinein über unsere Eindrücke und über A.R. Penck diskutiert. Bei dieser Gelegenheit hat er mir die neuen Bilder für seine nächste Ausstellung gezeigt. Er war in den letzten Wochen fleißig gewesen, mein Beerbaum.

Über Kunst, Rotwein und gutem Sex hatte ich den ganzen Schmutz, mit dem ich mich hier rumschlagen musste, für eine Weile vergessen. Aber jetzt hatte mich das wahre Leben wieder.

»Na? Auch schon da?«, empfing ich Conny, die mit Schwung ins Büro rauschte.

»Ich weiß, ich bin zu spät. Aber mein Bock hat gestern den Geist aufgegeben. Musste mit Bus und Bahn kommen.« Ihre Haare schillerten zur Abwechslung in einem atemberaubenden Dunkelrosa.

»Oh, schick«, grinste ich.

»Flamingo Pink. Geil, was?«

»Gewöhnungsbedürftig, würde ich sagen.« Mir fiel ein, dass ich in ihrem Alter meine Umgebung auch gern geschockt hatte, in dem ich von einem Tag auf den anderen von blauschwarz auf wasserstoffblond wechselte.

»Was von diesem Richy gehört?«

»Vor fünf Minuten hat Wagenfeld angerufen. Richy ist wieder nicht in der Werkstatt aufgetaucht.« Ein Blick auf die Uhr zeigte mir, dass es bereits kurz nach acht war. »Eine halbe Stunde gebe ich ihm noch, dann geht die Fahndung raus.«

Conny rührte mechanisch in ihrer Kaffeetasse, ein Geräusch, das mich auf die Palme brachte.

»Hat sich schon mal jemand tot gerührt.«

»Entschuldigung.« Sie leckte den Löffel ab und fuchtelte damit in der Luft herum, als wollte sie lästige Fliegen vertreiben. »Wo der wohl abgetaucht ist. Weiß dieser Sozi denn nichts?«

Ich zuckte mit den Schultern. »Er ist auf der Suche nach dem Bürschchen. Der hat auch so 'n Scheiß-Job ...«

»Das kannst du laut sagen. Muss echt ätzend sein. Der rennt sich die Hacken wund und keiner dankt es ihm. Glaubst du, der weiß wirklich nicht, wo sich Richy aufhält? Als Sozialarbeiter und Vertrauensperson wäre er doch bei den Jugendlichen unten durch, wenn rauskäme, dass er Richy bei uns verpfiffen hat.«

Das war gar kein so dummer Gedanke. »Könnte natürlich sein, dass er uns nicht alles sagt, was er weiß«, gab ich ihr Recht. »Obwohl er auf mich eigentlich einen ganz vernünftigen Eindruck macht. Was ich so beobachtet habe, hat er die Kids ganz gut im Griff. Ich glaube nicht, dass Wagenfeld auf Kuschelpädagogik steht. Außerdem geht es hier um den Mord an Anja.«

»Trotzdem. Warum setzt du nicht Knoll auf ihn an.« Conny zog erwartungsvoll ihre gepiercten Augenbrauen hoch. »Wenn wir Glück haben, dann führt er uns Richy direkt in die Arme.«

»Keine schlechte Idee. Aber ich warte erst noch mal ab. Vielleicht schlagen die beiden ja doch noch hier auf.«

»Die Hoffnung stirbt ja bekanntlich zuletzt«, lästerte sie und stand auf. »Ich hab Kohldampf, soll ich dir was mitbringen?«

Ich schüttelte den Kopf. »Bin noch pappsatt. Hab ausnahmsweise mal gut gefrühstückt, danke.«

Mein Frühstück war heute dank Jo üppiger ausgefallen als gewöhnlich. Er hatte mich nicht ohne eine opulente Unterlage aus dem Haus gelassen. Das hatte ja durchaus was Angenehmes, wenn da nicht wieder das Thema Zusammenleben auf den Tisch gekommen wäre. Ich liebe ihn, aber deshalb muss ich mir doch nicht zwangsläufig mit ihm eine Wohnung und mein gesamtes Leben teilen. Bisher hatte er kein Problem damit gehabt, dass wir uns hin und wieder sahen, gemeinsam etwas unternahmen und nach einer leidenschaftlichen Nacht zur Tagesordnung übergingen. Mein Bauchgefühl sagte mir, dass ein Zusammenleben auf Dauer nicht gutgehen konnte. Ich kannte mich. Zu viel Nähe bekam mir nicht. Die Vorstellung, dass der Alltag in unsere Beziehung einkehrte und wir wie ein altes Ehepaar in nicht allzu weiter Ferne unser Rentendasein gemeinsam verbrachten, war nicht gerade prickelnd. Ich hatte mir geschworen, nie wieder einen Mann zu beherbergen, der ungeteilte Aufmerksamkeit und womöglich noch Rechenschaft über Schritt und Tritt verlangte. Das hatte ich schon gehabt und das war schlecht ausgegangen. Ich brauchte meine Freiräume, und bisher hatte das unserer Beziehung wahrlich nicht geschadet. Ich verstand diesen Umschwung so gar nicht. Fehlte nur noch, dass er mir einen Heiratsantrag machte.

***

Der Regionalexpress Bremen-Bremerhaven-Lehe war gerammelt voll. Ein Großteil der Reisenden kam vom Bremer Freimarkt. Pubertierende Jugendliche, Mütter mit aufgedrehten Kids, die wild durcheinanderliefen und sich lauthals unterhielten. Ein roter Gasluftballon hing unter der Decke. Ein Knirps sprang unermüdlich in die Luft und versuchte vergebens, ihn zu erreichen. Es roch nach Zuckerwatte, Lebkuchen, Bratwurst und feuchten Klamotten.

Nachdem Mandy in aller Eile eine Reisetasche mit Anjas Umschlag und dem Nötigsten gepackt und ihr letztes Geld vom Konto abgehoben hatte, war sie in Panik zum Bahnhof gerast und hatte den nächsten Zug nach Bremerhaven genommen. Bloß weg aus Bremen.

Hoffentlich konnte sie ein paar Tage bei Jenny unterkommen. Ihre Schwester hatte es geschafft. Hatte einen guten Realschulabschluss hingelegt und arbeitete jetzt bei einer Importfirma im Überseehafen. Jenny war ihre letzte Zuflucht.

Alex, der sie abholen sollte, hatte den toten Richy bestimmt schon gefunden und das Parzellengebiet wimmelte nur so von Bullen. Falls er gesungen hatte, dass sie sich allein mit Richy dort aufgehalten hatte, war sie die Hauptverdächtige. Vielleicht suchte man sie schon. Was sollte sie jetzt machen? In was hatte sie sich bloß wieder reingeritten. Sie war trotz des Lärms so in Gedanken vertieft, dass sie den Fahrkarten-Kontrolleur erst bemerkte, als er sie laut ansprach. Ausnahmsweise fuhr sie nicht schwarz, eine gute Entscheidung. Das hätte jetzt auch noch gefehlt.

Hoffentlich konnte sie bei Jenny abtauchen. Wenn Armin Bode sie in die Finger bekam, endete sie womöglich auch in einem Müllsack.

Wenn man vom Teufel sprach – und nichts anderes war Bode. Plötzlich klingelte ihr Handy. Sie erschrak und sah Bodes Nummer auf ihrem Display. Ihr Herz raste. Wahrscheinlich hatte Linda ihn informiert, dass sie nicht im Studio erschienen war. Sie sah auf die Uhr. Vor einer halben Stunde hätte sie dort aufschlagen sollen. Nur einen kleinen Moment zögerte sie, bevor sie Bode wegdrückte.

Nachdenklich starrte sie aus dem Fenster, ohne dass sie die vorbeirasende Landschaft wahrnahm. Ihre Ausbildung konnte sie sich nun auch in die Haare schmieren. Das einzig Gute an dieser Situation war, dass sie nicht mehr anschaffen musste. Wie hatte Anja das nur ausgehalten? Sie dachte an die miesen Typen, zwei richtige Gorillas, die Armin ihr fast jeden Abend auf den Hals schickte und die sie in dieses beschissene Studio brachten. Sie bekam für diesen übelsten Job ein paar Euro und die anderen machten die dicke Kohle.

* * *

Die Fahndung nach Richy war raus. Conny hatte ich mit einer Vorladung für den Hausmeister Armin Bode losgeschickt, die sie ihm persönlich überreichen sollte. Ich wurde das Gefühl nicht los, dass es sich tatsächlich um unseren alten Bekannten handelte. Wenn er es wirklich war, dann hatten wir einen Volltreffer gelandet. Bodes Kriminalakte war mindestens so dick wie die Bibel. Alles im Sortiment: Schwere Körperverletzung, Zuhälterei, Drogen ... Er hatte etliche Jahre Knast auf dem Buckel.

Ich gab seinen Namen bei INPOL ein, unserer Polizeidatenbank, und wartete ungeduldig darauf, dass seine vernarbte Visage endlich meinen Bildschirm zierte. Das dauerte wieder mal. Ein typischer Beamtencomputer, der seine Vorschriften äußerst ernst nahm.

Die Tür wurde kräftig aufgestoßen und knallte geräuschvoll wieder zu. Ich schreckte aus meinen Gedanken hoch. Mein Gott, konnte Conny nicht ganz normal eine Tür schließen? »Alles erledigt, Chefin. Der Typ kommt heute Nachmittag. Mann, der ist ja so was von ätzend!« Sie warf sich auf den Besucherstuhl vor meinem Schreibtisch und streckte mir ihre gepiercte Zunge angewidert entgegen. Den aufkeimenden Gedanken, sie könnte auch ein Intim-Piercing tragen, schob ich schnell beiseite. Schon beim Anblick der silberne Perle auf ihrer Zunge bekam ich Gänsehaut. Wie konnte man sich nur so etwas antun? Endlich. Das Bild war hochgeladen. »Ist dir dieser Goldjunge vielleicht über den Weg gelaufen?«, fragte ich und war gespannt wie ein Flitzebogen.

»Bingo. Das ist exakt die Hackfresse. Klar! Ganz sicher. So 'n Typ: *Ich kriege sie alle, auch dich Baby!* Jogginghose mit Hängearsch, Muskel-Shirt und Ankerkette auf Flokati. Ein Mann zum Abgewöhnen.« Sie schüttelte sich. »Und dann diese Achselkatzen.«

»Was ist das denn?«

Sie griff sich unter den Arm. »Achselhaare, bis zum Abwinken. Bah!, der ist aber auch so was von unappetitlich.«

Ich musste lachen und lehnte mich in meinem Drehstuhl zurück. Hatte ich es doch gewusst. Vor Jahren hatte ich in einem Mordfall mit ihm zu tun, konnte ihm die Tat aber nicht nachweisen. Ich bin heute noch davon überzeugt, dass er der Mörder war.

»Der gibt da den Blockwart. Du, der stolziert mit seinem deutschen Schäferhund übers Gelände, als wäre er der Herr über Leben und Tod.« Conny konnte sich gar nicht beruhigen. »Und wie der den Mädels nachschaut. Dem möchte ich nicht im Dunkeln begegnen.«

»Glaub ich dir aufs Wort. Ich sehe ihn vor mir, diesen Widerling. Ich frag mich nur, wie er in die Jugendhilfe kommt. Wer das wohl verbrochen hat? Bode kann man doch nicht auf Kids loslassen. Die Mädels sind für den ein gefundenes Fressen. Frischfleisch auf dem silbernen Tablett serviert.« Ich dachte an die Zeitungsnotiz über den Kinderschänder, den man ausgerechnet in einen Kindergarten geschickt hatte, um Arbeitsstunden abzuleisten, und der dort rückfällig geworden war. Ein bedauerlicher Irrtum, wird in Zukunft nicht wieder vorkommen. Schlamperei, die unverzeihlich war. Zeichnete sich hier etwas Vergleichbares ab? Und wenn ich an seinen Chef, diesen Heinzelmann, dachte, kamen mir noch größere Bedenken. Mit dem Versager machte Bode bestimmt, was er wollte.

»Vielleicht ist Richy ganz harmlos, und der Ekel-Proll hat Anja auf dem Gewissen.«

»Oder beide. Ich fresse einen Besen, wenn dieser Bode da nicht mit drinhängt.«

Conny stocherte mit einer Plastikgabel in einer Schale mit gemischtem Salat herum, pulte eine Olive heraus und machte Anstalten, sie in den Papierkorb zu schmeißen.

»Magst du keine Oliven?«

»Kann ich drauf verzichten. Du?« Sie hielt mir auffordernd eine aufgespießte schwarze Olive entgegen.

»Ich liebe Oliven.« Ich zog sie von der Gabel und steckte sie genussvoll in den Mund. Sie war entsteint und saftig. Genießerisch schloss ich die Augen. »Ich fahre gleich mal zum Geschäftsführer dieses Vereins. Der musste doch Bodes Lebenslauf kennen. Interessiert mich brennend, warum der einen einschlägig Vorbestraften auf junge Mädchen loslässt.«

»Kann ich mit?«

»Nee, du jagst mal alle Mitarbeiter und Azubis der Ausbildungswerkstatt durch den Computer. Vielleicht finden wir noch das eine oder andere Herzchen, das in Betracht kommen könnte.« Ich schnappte meine Lederjacke, die ich über der Rückenlehne meines ergodynamischen Bürostuhls drapiert hatte, und hängte sie mir über die Schulter.

»Wird gemacht. Aber wenn du dir diesen Bode vornimmst, darf ich dabei sein?«

»Klar. Den klopfen wir gemeinsam weich«, versprach ich ihr.

»Super. Dann mach ich mich mal an die Arbeit.« Conny belegte meinen frei gewordenen Bürostuhl und griff höchst motiviert in die Tasten.

***

Ich fuhr Stoßstange an Stoßstange auf der Hollerallee und meine Geduld wurde auf eine harte Probe gestellt. Der Anblick des Parkhotels, majestätisch im Bürgerpark gelegen, ließ mich an Jo denken, der dort gern mal den Abend ausklingen ließ. Nicht zuletzt wegen der größten Whiskey-Karte Norddeutschlands. Ich liebte den Bürgerpark, mit seinen Anziehungspunkten wie dem »Kaffeehaus am Emmasee«, in dem wir vor über zwanzig Jahren Jonas' Taufe gefeiert hatten, oder den Hollersee, auf dem wir als Kinder im Winter Schlittschuh gefahren waren.

Da ich nur Schritttempo fahren konnte, fand ich ohne große Sucherei die Hausnummer, hinter der sich die Geschäftsstelle des Vereins »Pro Zukunft« verbarg.

Die alte Villa machte einen imposanten Eindruck. Ich lenkte meinen Wagen auf den Parkplatz und musste feststellen, dass alle Stellplätze belegt waren. Macht nichts, dachte ich und parkte einen dicken Daimler zu.

»Mein Name ist Butenschön, ich möchte zu Herrn Voss.«

»Sind Sie angemeldet?«, flötete die blonde Empfangsdame und sah mich interessiert an.

»Nein. Ich komme wegen Anja Finke.« Ich nestelte meinen Ausweis aus der Tasche und hielt ihn ihr vor das Näschen. Gleichzeitig sah ich mich in der großen Empfangshalle um, die so gar nichts mit dem spartanischen Interieur der Werkstatt in Osterholz-Tenever gemein hatte.

Ich sah ehrliches Bedauern in ihrem Gesicht. »Schreckliche Geschichte«, hauchte sie, nahm den Telefonhörer und drückte zögernd eine zweistellige Nummer. »Mal sehen ... Er ist in einer Besprechung ...«

Warum steht die denn auf, dachte ich und hörte gleichzeitig eine röhrende Männerstimme, die so laut war, dass ich jedes Wort verstand. »Habe ich mich nicht deutlich genug ausgedrückt? Keine Störungen! Ist das so schwer zu begreifen?«

Die Dame lief rot an. »Entschuldigen Sie bitte, aber hier ist eine Frau Butenschön von der Kripo ... Wegen Anja Finke«, stammelte sie unterwürfig und sah mich hilflos an.

Mein Gott, was war das denn für ein Tyrann? Auf den freute ich mich. Wer so mit seinen Mitarbeitern umging, war gleich bei mir unten durch. Wo gab's denn noch so was?

»Ich dachte ...«

»Sie sollen nicht denken, Sie sollen ... Ach was, ich komme!«

Ich hörte, wie er den Hörer aufknallte. Das konnte ja heiter werden. Man durfte gespannt sein. »Herrscht hier immer ein solcher Ton?«, wollte ich wissen und sah sie interessiert an.

Bevor sie antworten konnte, eilte ein vierschrötiger Mittfünfziger energiegeladen die breite Holztreppe herunter und baute sich vor mir auf. Er war gut gekleidet und trug die gepflegten grauen Haare akkurat gescheitelt.

»Voss.« Das klang zackig. Jovial streckte er mir seine Hand entgegen.

»Hauptkommissarin Butenschön«, antwortete ich und drückte fest zu. »Ich komme wegen ...«

»Ja, ja, wegen Anja Finke«, ergänzte er meinen Satz ungeduldig. »Kommen Sie, wir gehen in mein Büro.« Er drehte sich um und eilte die breite Treppe hinauf.

Das großzügige Büro glich einem Tanzsaal. Parkettfußboden, hohe Fenster, die in einen parkähnlichen Garten zeigten. An den Wänden hingen in exklusiven Rahmen billige Drucke von Chagall. Voss pflanzte sich hinter seinen antiken Schreibtisch, der penibel aufgeräumt war. »Bitte nehmen Sie Platz. Viel Zeit habe ich nicht.« Er wies mit großer Gestik auf den Besucherstuhl, der vor seinem Schreibtisch stand. »Sie haben mich aus einer wichtigen Konferenz geholt.« Das klang vorwurfsvoll, tangierte mich aber nicht weiter.

»Tut mir leid, aber es sind einige Fragen aufgetaucht, die keinen Aufschub dulden.«

»Dann man zu. Ich bin bereit.« Selbstgefällig lehnte er sich in seinem breiten Armlehnsessel zurück, nahm seine Brille ab und betrachtete mich aus schwimmenden Froschaugen.

Als ich ohne Umschweife das Gespräch auf Armin Bode brachte, machte er ein betretenes Gesicht. Ich fand ihn gar nicht so unsympathisch, wie ich befürchtet hatte. Er griff nach seiner Zigarettenpackung und hielt sie mir hin. Seine Hände zitterten leicht.

»Danke. Zu stark. Ich rauche lieber meine.«

»Ja, der Herr Bode ... Ich kenne natürlich seine Vergangenheit. Aber hat nicht jeder das Recht auf eine zweite Chance? Bis jetzt können wir uns jedenfalls nicht über seine Arbeit beschweren.«

Er steckte die Zigarette zwischen die Lippen und zog den Rauch geräuschvoll in die Lungen. Sein rechtes Bein wippte unruhig unter dem Schreibtisch. Der Mann war das reinste Nervenbündel.

»Wie haben Sie ihn kennengelernt? Hat er sich hier beworben?«, wollte ich wissen.

Er lächelte mich milde an. »Meine Frau ist seine Bewährungshelferin. Er hatte kein Dach über dem Kopf und keine Arbeit, als er aus dem Gefängnis entlassen wurde. Die Sozialprognose des Gefängnispsychologen war ausgesprochen positiv. Er ist ja auch wegen guter Führung vorzeitig entlassen worden. Wir suchten zu dem Zeitpunkt gerade einen Hausmeister, der bereit war, in die kleine Einliegerwohnung in unserer Werkstatt einzuziehen. Er war zur rechten Zeit am rechten Fleck.«

Wie hatte Bode es nur geschafft, sie alle zu täuschen? Ich konnte mir jedenfalls beim besten Willen nicht vorstellen, dass der Typ ganz plötzlich vom Saulus zum Paulus mutiert war.

»Befürchten Sie nicht, er könnte einen schlechten Einfluss auf die Jugendlichen haben? Ich denke da ganz speziell an die jungen Mädchen in der Werkstatt.«

»Glauben Sie mir, da habe ich höchstpersönlich ein Auge drauf. Armin Bode steht unter meiner persönlichen Beobachtung. Er weiß das auch und hat sich bis heute nichts zuschulden kommen lassen, Frau Kommissarin.« Fahrig drückte er seine Zigarette in dem vollen Aschenbecher aus. »Herr Heinzelmann, den Sie ja schon kennengelernt haben, würde mich umgehend informieren, wenn Herr Bode, sagen wir mal ... querschießt.«

»Sind Sie sich da ganz sicher? Ich kenne Armin Bode ... Mit Verlaub gesagt, ich glaube nicht, dass Herr Heinzelmann mit Armin Bode fertig wird.«

Er musterte mich eingehend, lächelte verschwörerisch und steckte sich eine zweite Zigarette an. »Ich sag mal, ein Engel ist Bode natürlich nicht, das ist mir bekannt. Und dumm ist er auch nicht. Glauben Sie mir, der weiß, dass der Hausmeisterposten seine letzte Chance ist.« Auf meine Anspielung auf Heinzelmanns Schwäche ging er verbal nicht ein. Aber sein Lächeln bestätigte mir, dass er meine Einschätzung zu teilen schien.

»Bodes Bewährung läuft demnächst aus, glauben Sie wirklich, dass er weiterhin den Hausmeister spielen wird?«

»Davon bin ich überzeugt, er hat mir glaubwürdig versichert, dass er keine Verbindung mehr zum Milieu hat.«

Ich sah ihn skeptisch an. Glaubte er wirklich, was er da sagte? »Können Sie sich nicht vorstellen, dass Herr Bode etwas mit dem Mord an Anja Finke zu tun haben könnte?« Auf diese Idee musste er doch auch schon gekommen sein.

Er schnappte nach Luft und zeigte übertriebene Entrüstung. »Aber ich bitte Sie!« Er strich sich mit den Fingern der rechten Hand über sein graues Haar. Ein großer goldener Siegelring auf dem kleinen Finger blitzte in der Sonne, die den großen Raum durchflutete. »Der will doch nicht wieder in den Knast, gnädige Frau.«

Seine gnädige Frau war ich nun wirklich nicht. »Für uns gehört er zu den Tatverdächtigen, das ist doch wohl klar. Kennen Sie die Jugendlichen persönlich, die in der Werkstatt ihre Ausbildung absolvieren?«

Ein mitleidiges Lächeln machte sich auf seinen Lippen breit. »Das sind zu viele. Die Auswahl haben die Sozialarbeiter in Zusammenarbeit mit dem Werkstattleiter und dem Jugendamt getroffen. Mir obliegt die Einstellung und Führung der hauptamtlichen Mitarbeiter. Und da habe ich alle Hände voll zu tun, das können Sie mir glauben. Ich vergleiche meine Tätigkeit immer mit der eines Löwendompteurs. Zuckerbrot und Peitsche, sonst kommen Sie nicht durch, vor allem, wenn Sie es überwiegend mit Sozialpädagogen zu tun haben, die glauben, ausschließlich mit Kuschelpädagogik bei den Jugendlichen etwas erreichen zu können. Die brauchen eine harte Hand.« Zur Bestätigung nickte er bedeutungsvoll mit dem Kopf.

Na, der Berufsstand der Pädagogen stand offensichtlich nicht sonderlich hoch bei ihm im Kurs.

»Würden Sie bitte Ihre Mitarbeiter anhalten, mit uns zusammenzuarbeiten, das wäre sehr hilfreich. Seit Kurzem ist ein Jugendlicher, der unter dringendem Tatverdacht steht, wie vom Erdboden verschwunden. Ich habe Ihren Sozialarbeiter Wagenfeld schon um Hilfe gebeten, aber der weiß auch nicht, wo er ist.«

Beim Namen Wagenfeld verzog Voss das Gesicht, als hätte er in eine Zitrone gebissen. »Wagenfeld ... Ein Fall für sich. Mit Sozialarbeitern gibt es immer wieder Probleme, aber Herr Wagenfeld ist wirklich ein ganz spezieller Fall. Der geht gern unorthodoxe Wege, dem muss man immer mal wieder auf die Finger schauen.« Er griff nervös nach einer kleinen Dose, die auf dem Schreibtisch lag, und warf zwei Pillen ein, die er hinunterschluckte, ohne mit Wasser nachzuspülen. »Sie sagten, dass ein Jugendlicher verschwunden sei?« Seine Stimme klang ungehalten.

»Ja, Richard Manske, genannt Richy. Der ist weder zur Speichelprobe, noch zum vereinbarten Termin im Präsidium erschienen. Und in der Werkstatt ist er auch nicht.«

Ich beobachtete, wie er schwungvoll zum Hörer griff und eine Nummer drückte. Kaum hatte der Empfänger seinen Namen genannt, brüllte er los. »Voss hier, warum weiß ich nichts davon, dass dieser Manske verschwunden ist?« Gleichzeitig streckte er seinen Arm aus und sah auf die Uhr. »Um vierzehn Uhr erwarte ich Sie hier. Und bringen Sie den Wagenfeld mit. Ich bitte um Pünktlichkeit.«

Der hatte seinen Laden im Griff. Wer bei dem schlechte Karten hatte, konnte mir leid tun.

»Heinzelmann?«

Er nickte stumm. Ihm war anzusehen, dass er stinksauer auf seinen Werkstattleiter war. Ich mochte jetzt nicht in dessen Haut stecken. So wie ich ihn kennengelernt hatte, konnte ich mir vorstellen, dass Voss seinen Spaß daran hatte, ihn zu verunsichern und noch kleiner zu machen.

»Ich werde mich um die Sache kümmern. Sie können sich darauf verlassen, dass Sie die Hilfe, die Sie benötigen, bekommen werden. Und wenn das wider Erwarten nicht klappen sollte, ein Anruf bei mir ...«

»Prima. Ich danke Ihnen.« Ich stand auf und reichte ihm die Hand.

»Noch was Frau Butenschön, würden Sie bitte dafür sorgen, dass die Presse möglichst wenig Informationen bekommt. Für die ist das ein gefundenes Fressen, und ich möchte, dass durch diesen Vorfall unserem Verein kein Schaden zugefügt wird.« Er stand auf und eilte zur Tür, die er schwungvoll öffnete, um mir den Vortritt zu lassen.

»Versprechen kann ich das nicht.«

Auf dem Flur putzte eine nicht mehr ganz junge Frau den Fußboden. Sie richtete sich auf und sah uns freundlich entgegen. Sie zeigte im Gegensatz zu dem Mäuschen am Empfang keinerlei Ängstlichkeit.

Voss breitete die Arme aus und legte sie der Frau geradezu väterlich auf die Schultern. »Na, Meierlein, wieder gesund?«

Meierlein strahlte ihn an. »Geht wieder. Sie wissen doch, damit halte ich mich nicht lange auf.«

»Wenn hier nur alle so fleißig wären wie Sie.« Er klopfte ihr noch mal gönnerhaft auf die Schulter und eilte die Treppe hinunter.

Was war das denn? Er überraschte mich. Diese Regung hatte ich von ihm nun wirklich nicht erwartet. So konnte man sich täuschen.

***

Als ich das Büro betrat, traf ich auf eine gemütliche Dreierrunde. Conny auf meinem Drehstuhl, Knoll lümmelte auf der Fensterbank und Metzger hatte es sich in ganzer Breite auf dem Besucherstuhl bequem gemacht, der unter seinem Gewicht beängstigend ächzte. Die schwarze Weste spannte gefährlich über seinem imposanten Schmierbauch. Ich hatte Angst, dass mir im nächsten Moment einer der Knöpfe ins Auge springen könnte.

»Oh, störe ich?«, fragte ich ironisch.

»Nicht wirklich«, frotzelte Conny und machte meinen Stuhl frei.

»Gibt's was Neues?« Schwungvoll hängte ich meine Lederjacke an den Garderobenständer und setzte mich.

»Die DNA vom Sperma und vom Embryo ist identisch.« Metzger sah mich durch seine dicken Glasbausteine im Nickelgestell beifallheischend an.

»Wenn wir davon ausgehen, dass Richy der Vater ist, dann hatte er also kurz vor Anjas Tod mit ihr Geschlechtsverkehr«, stellte ich scharfsinnig fest.

»Und das Schwein hat sie vergewaltigt. Davon gehen Sie doch aus, Doc?« Conny sah Metzger lauernd an.

»Deutet alles darauf hin. Könnte sich aber auch um härteren Sex gehandelt haben. Aber um ganz sicher zu gehen, dass er es war, müsst ihr den Kerl erst mal haben. Ich brauche seinen Speichel.«

Damit hatte er Recht. »Wann seid ihr mit der Bestimmung der Maden so weit? Wir brauchen dringend den Tatzeitpunkt. Wir können ja nicht mal die Alibis abfragen. Zwar gehen wir bis jetzt immer vom Abend vor Anjas Verschwinden aus, aber es kann ja genauso gut einen Tag später passiert sein.«

Metzger sah mich bedauernd an. Ich hatte ihn wieder auf den Boden der Tatsachen zurück gebracht. »Ich denke morgen. Schließlich habt ihr uns mit den zahlreichen Speichelproben einiges an Arbeit beschert.«

»Gut Doc, ich verlass mich drauf.«

»Wie? Nur gut? Bitte etwas mehr Begeisterung, Frau Hauptkommissarin. Der alte Herby hat bis jetzt doch immer schnell gearbeitet.« Er sah mich an, als warte er auf Applaus.

Herby, dieser Name war für den dicken Metzger der reinste Hohn. Ich bekam den einfach nicht über die Lippen. Ich blickte auf die Notizen, die Conny gemacht hatte. Sauklaue. »Kannst du mir das mal dechiffrieren?«

»In Kurzform: Diese Anja ist mehrfach auf dem Straßenstrich aufgegriffen worden. Weiter lagen Kleinkriminalität und Drogenmissbrauch vor. Ist immer mit einem blauen Auge davongekommen. Das liegt aber schon längere Zeit zurück. Seit sie ihre Ausbildung begonnen hat, ist nichts mehr vorgefallen. Oder sie hat sich nicht schnappen lassen«, setzte Conny nach.

»Und die Mitarbeiter sind alle sauber?«, wollte ich wissen.

»Bis auf diesen Schmierlappen Bode, ja.«

»Und die anderen Azubis? Mensch, lass dir doch nicht alles aus der Nase ziehen.«

»Ein paar von denen sind Kleinkriminelle gewesen. Der Großteil kommt aus kaputten Familien. Das Übliche: Eltern Alkoholiker, Langzeitarbeitslose, Migranten, Muslime, alles arme Schweine ohne Perspektive.«

»Ich muss doch sehr bitten«, mischte sich Knoll ein. »Wie bist du denn drauf?«

»Mein Gott noch mal, muss man hier jedes Wort auf die Goldwaage legen? Was hast du denn? Genau diese Jugendlichen sind die Zielgruppe des Vereins. In Zusammenarbeit mit dem Jugendamt werden die Auszubildenden ausgesucht und der Verein bekommt eine ganz schöne Stange staatlicher Fördergelder. Mach dich doch selber schlau.«

»Ist ja gut, Kleine«, lenkte Knoll ein.

»Die Kleine kannst du knicken.«

»Nun gebt mal das Rumgezicke auf«, warf ich ein. »Kollege, für dich habe ich einen Spezialauftrag.«

»Der Tag fängt ja gut an«, maulte Knoll und sah Metzger vieldeutig an. »Du hast es gut, Doc, dich kommandieren in deiner Schlachterei keine Emanzen herum.«

Metzger grinste breit. »Hat alles Vor- und Nachteile. Ich hätte nichts gegen Monas Gesellschaft einzuwenden.« Er hievte sich umständlich von seinem Stuhl hoch und schenkte mir sein schönstes Lächeln. »Ich würde dich gern auf einen Freimarktbummel einladen, Mona.« Erwartungsvoll zog er die buschigen Augenbrauen hoch.

Auch das noch. »Tut mir leid, Doc, im Moment geht so was gar nicht.«

»Ach komm, auch eine bienenfleißige Kommissarin muss sich mal entspannen. Tu mir den Gefallen, ischa Freimaak.«

Ja, ja. Auch wenn sich mit diesem Ausruf jeder Quatsch entschuldigen ließ, das war noch lange kein Grund, meinen wohlverdienten Feierabend mit Metzger zu verbringen.

Bevor ich etwas erwidern konnte, hakte der Doc nach. »Mona! Die Bremer haben jetzt über 1000 Jahre geübt, dir einen tollen Abend zu bereiten, und du verschmähst dieses Kulturerbe?«

Ich sah das schadenfrohe Grinsen meiner Kollegen. »Geht wirklich nicht, aber zur nächsten Vernissage, versprochen.«

»Ich nehme dich beim Wort. Aber du musst mir versprechen, dass du deinen smarten Künstler diesmal zu Hause lässt. Nur wir beide, auch versprochen?«

Ich nickte entnervt. Mir würde schon eine glaubwürdige Ausrede einfallen, da war ich mir sicher. Fürs Erste war ich ihn los, aber der ließ nicht locker, das wusste ich aus leidvoller Erfahrung.

Mit einem dankbaren Dackelblick hob er die Hand zum Gruß. »Ich bin dann mal weg.«

»Aua, der alte Sack steht auf dich«, lachte Conny und schlug sich vergnügt auf die Schenkel. »Da hast du ja eine tolle Eroberung gemacht.«

»Darauf muss ich wohl nicht stolz sein. Und euer blödes Grinsen ist geschenkt.« Nachdem das geklärt war, nahm ich meinen Faden wieder auf. »Häng dich mal an diesen Wagenfeld ran, vielleicht führt der uns zu Richy. Übrigens eine Idee unserer aufstrebenden Kollegin.« Je länger ich darüber nachgedacht hatte, desto besser gefiel mir der Vorschlag, zumal Conny unsere Abteilung kompetent verstärkte und einige Arbeiten übernehmen konnte, die Knoll entlasteten.

»Der kennt mich doch.«

»Dann mach dich unsichtbar«, erwiderte ich spöttisch.

»Na ja, besser als hier im Büro die Akten wälzen.«

»Es gibt Menschen, die arbeiten mit dem Kopf ... Und andere ...« Conny konnte es nicht lassen.

»Übertreib es nicht, Kollegin. Noch spielst du in einer anderen Liga als wir«, unterbrach er sie. Lässig schnappte er nach seiner Jeansjacke und latschte Richtung Tür.

»Die Betonung liegt auf noch.« Sie musste immer das letzte Wort haben.

Als Knoll verschwunden war, sah Conny mich treuherzig an. »Ist eigentlich ganz okay, der Typ. Aber warum um Himmels willen rennt der wie ein Altkleidersack auf Beinen rum? Der könnte doch ganz ansehnlich aussehen.«

»Es gab Zeiten, da hättest du ihn nicht wiedererkannt«, räumte ich ein und lächelte vielsagend.

»Wie das?«

»Da kommst du noch hinter, warte es ab.«

»Na, du machst es ja spannend.«

***

»Nun sag schon, wo liegen deine Probleme diesmal?« Jenny ahnte Böses und beobachtete ihre Schwester, die ihr gegenüber auf der Couch saß und sich sichtlich unwohl fühlte. Mandy griff nach einem Sofakissen und hielt es wie einen Schutzschild vor ihre Brust. Sie war sich nicht sicher, wie viel sie erzählen sollte. »Wieso?«, fragte sie so harmlos wie möglich.

»Mal ehrlich. Du kommst doch nur, wenn dein Kittel brennt, Schwesterchen. Was ist los? Haben sie dich rausgeschmissen, brauchst du Geld? Bist du in Schwierigkeiten?«

Mist, dachte Mandy. Wenn du wüsstest, wie dicht du dran bist. Aber wenn Jenny diesen Ton anschlug, war sie immer nahe am Durchdrehen. Jetzt würde sie bestimmt nicht zugeben, was los war. Den Triumph gönnte sie ihrer Schwester nicht. »Weder noch. Die Ausbildung läuft super, ich werde es schaffen.«

»Na, das sind ja ganz neue Töne. Kaum zu glauben. Solltest du endlich vernünftig geworden sein?«

»Wonach sieht es denn sonst aus? Hast du was zu essen im Haus? Ich habe mordsmäßigen Kohldampf.«

»Nicht wirklich. Ich wusste ja nicht, dass du kommst. Wenn du Lust hast, können wir was essen gehen. Ich lade dich ein. Zum Chinesen?«

»Super. Kannst du mir was zum Anziehen leihen? So bin ich dir doch voll peinlich.« Mandy sah an sich herunter und fühlte sich in Jennys Gegenwart in ihrem Outfit, das aus Leder-Mini, Netzstrümpfen und kniehohen Schaftstiefeln bestand, nicht mehr wohl. Außerdem wollte sie ihre Schwester versöhnlich stimmen, schließlich wollte sie ja was von ihr.

»Bleib wie du bist. Ist schon okay.«

Mandy lächelte Jenny dankbar an. Der erste Schritt war getan. Sie konnte bestimmt ein paar Tage bleiben. Aber was dann? Die Bullen würden schnell auf Jenny kommen und hier antanzen. Das wäre fatal. Sie wollte Jenny da nicht mit reinziehen. Im Augen-

blick wollte sie nicht an die Probleme denken. »Ich habe diese Woche Urlaub, kann ich ein paar Tage bei dir bleiben?«

»Klar, kein Problem. Weißt du, dass ich stolz auf dich bin, dass du endlich eine Ausbildung machst?«

Mandy strahlte. Das Lob aus Jennys Mund tat richtig gut. Nun war sie ein paar Tage aus der Schusslinie und konnte in Ruhe überlegen, wie es weitergehen sollte.

***

Am frühen Abend tagte die kleine Runde. Als ich das Besprechungszimmer betrat, waren die Kollegen bereits anwesend. Knoll, Brünjes wieder mal in einem seiner engen Wollpullover, die schon vom Hinsehen bei mir Kratzattacken auslösten, Hoppe, mein Intimfeind, in Lederkluft und mit einem blöden Grinsen auf den Lippen und Wohlers in wash and wear. Da bot Conny mir einen richtig erfrischenden Anblick.

»Kommt der Chef nicht?«, wollte Knoll wissen.

Ich schüttelte den Kopf. »Hat mich gerade angerufen und sich entschuldigt.«

»Findet ihr nicht auch, dass er wenig Interesse an diesem Fall zeigt? Das ist doch sonst nicht seine Art. Irgendwie scheint er durch den Wind zu sein.« Brünjes sah fragend in die Runde.

Also hatten die Kollegen das auch schon bemerkt. Ich konnte mir sein merkwürdiges Verhalten auch nicht erklären. Vermutlich hatte er private Probleme. In diesem Zusammenhang fiel mir wieder ein, dass Knoll ihn auf dem Straßenstrich gesehen haben wollte. »Jetzt lasst uns mal zur Sache kommen«, wechselte ich das Thema und teilte ihnen die neuesten Ergebnisse mit.

»Dann steht dieser Richy ganz oben auf der Liste der Verdächtigen«, folgerte Wohlers.

Ich nickte zustimmend. »Nur haben wir noch keine Speichelprobe von ihm. Dazu müssen wir ihn erst mal haben.«

»Was ist mit diesem Hausmeister Bode?«, wollte Brünjes wissen.

»Den habe ich vorhin befragt. Aber der kennt sich mit Verhören natürlich super aus, der gerissene Hund. Er bestreitet, dass er privaten Kontakt zu Anja Finke hatte.« Ich piekste das ausgedruckte Konterfei von Bode an die Pinnwand, an der die Tatortfotos hingen. »Seine Speichelprobe haben wir bei der Gelegenheit auch gleich genommen.«

»Wie kommst du auf Bode?« Hoppe war entweder nicht im Bilde oder er wollte mich wieder mal provozieren. Ihn im Team zu haben, war eine Strafe. Das ständige Herumgezanke kostete unnötig Energie und Zeit. Seine Art, den coolen Macker raushängen zu lassen, ging mir gehörig auf den Wecker. Ich war es langsam satt, mich immer wieder zu behaupten, aber wenn ich mich nicht unterbuttern lassen wollte, gab es keine Alternative. Er wartete wieder mal darauf, dass ich mir eine Blöße gab. Nur hatten sich an mir schon ganz andere Kaliber die Zähne ausgebissen.

»Zum Mitschreiben, Kollege. Bode ist auf Bewährung und arbeitet als Hausmeister bei Pro Zukunft. Vor einigen Jahren war er schon mal der Hauptverdächtige in einem Mordfall. Vergessen?«

»Stimmt, der Prostituiertenmord. Er wurde aber freigesprochen. Kann es sein, dass du deine Niederlage von damals noch immer nicht verdaut hast, Kollegin?« Das klang süffisant und ironisch zugleich. Beifallheischend sah er in die Runde.

Auf diese Provokation ging ich nicht ein. »Garantiert hängt er da mit drin. Ich kann mir beim besten Willen nicht vorstellen, dass der seine Griffel von den Mädels lässt. Wie ihr wisst, haben wir in Anjas Kleiderschrank teure Dessous gefunden, die den Schluss zulassen, dass sie sich prostituiert hat. Wenn dem so ist, könnte Bode dahinterstecken. Dieser Sozialpädagoge des Vereins, der Wagenfeld, sagt, dass sich Armin Bode in seiner Freizeit sehr um die Jugendlichen kümmert. Das hat Bode auch nicht bestritten. Dabei handelt es sich angeblich nur um die männlichen Azubis. Kartenspielen, DVDs kucken, kickern und wahrscheinlich saufen und kiffen. Obwohl, Letzteres hat er entschieden abgestritten. Und mit Richy scheint Bode ganz dicke zu sein.«

»Haben sie ein Alibi für den Abend, an dem Anja Finke verschwunden ist?«

Ich nickte schwach. »Aber keines erster Klasse. Die waren angeblich gleich nach Feierabend bis zum nächsten Morgen zusammen. Bode sagt, sie hätten getrunken und Richy habe bei ihm übernachtet. Wir wissen ja nicht mal genau, ob Anja tatsächlich schon an dem Abend ermordet wurde. Metzger verspricht sich viel von der Madenbestimmung.«

»Vielleicht hat Bode gar nichts mit dem Mord zu tun.« Hoppe sah mich herausfordernd an. »Nur, weil der Typ gesessen hat und du mit ihm noch eine Rechnung offen hast, muss er doch nicht zwangsläufig kleine Mädchen vergewaltigen und erwürgen.« Er streckte beide Beine aus und verschränkte die Arme vor der Brust. Sein Mund verzog sich zu einem anzüglichen Grinsen, das ich nur zu gut kannte. Einmal mehr versuchte er meine Autorität als Teamleiterin zu untergraben. Er konnte es nicht lassen.

Halt ganz einfach dein Maul, dachte ich und grinste müde. »Es könnte dir nicht schaden, dir noch mal in Erinnerung zu rufen, warum der Typ gesessen hat. Er ist einschlägig vorbestraft, wie du wissen solltest. Anja ist früher auf den Strich gegangen. Vielleicht hat er sie wieder anschaffen geschickt, sie wollte nicht mehr und ...«

»Und darum hat er sie umgebracht?«, unterbrach er mich, stieß einen verächtlichen Laut aus und sah mich verschlagen an.

Ganz ruhig bleiben, Mona. Lass dich von dem Aufschneider nicht provozieren. »Kann doch sein. Der Typ ist schließlich noch auf Bewährung. Wenn sie ihn verpfeifen wollte und vielleicht sogar Beweise gegen ihn hatte, wäre er gleich zurück in den Bau gegangen. Warten wir mal das Ergebnis der Speichelprobe ab. Im Moment ist Richy der Hauptverdächtige. Er war zum Zeugungszeitpunkt noch mit Anja liiert. Aber in der Zwischenzeit hat sie mit ihm Schluss gemacht. Vielleicht hat er das nicht verkraftet und ist durchgedreht. Die beiden hängen von Kindesbeinen an zusammen. Die beste Freundin der Toten, diese Mandy, weiß mehr, als sie bisher ausgespuckt hat, da bin ich mir sicher. Ich nehme sie mir noch mal vor.«

»Oder Bode und Richy waren es gemeinsam. Dann hättest du schnell den Fall gelöst und dürftest zur Belohnung auf Didis Schoß.« Verschwörerisch sah er Brünjes an, der ihn bewundernd anlächelte. Hoppe war unter den männlichen Kollegen, Knoll ausgenommen, der uneingeschränkte Platzhirsch.

»Was soll das, Hoppe? Kannst du nicht endlich akzeptieren, dass du mir unterstellt bist? Wenn nicht, solltest du dich versetzen lassen.« Ich hatte nun endgültig die Schnauze voll von diesem Chauvi.

Conny warf Hoppe einen herausfordernden Blick zu. »Mona hat Recht. Dein Machogehabe kann einem ordentlich auf den Sack gehen.«

Hoppe hob theatralisch die Hände. »Oh, noch eine Emma. Lasst mich doch einfach in Ruhe mit eurer Emanzenkacke.«

Ich atmete tief durch. »Halt den Ball flach. Ich kann auch anders.«

»Ist ja schon gut, keine Panik, Ladys!« Er stand auf und machte sich an der Kaffeemaschine zu schaffen.

Conny warf mir einen verschwörerischen Blick zu und beobachtete Hoppe ironisch, wie er sich, ohne ein weiteres Wort zu verlieren, wieder an den Tisch setzte und Wohlers das Wort mit F zuraunte.

Ich blieb gelassen, auch wenn es schwer fiel. »Knoll, erzähl mal, was bei der Observierung von Klaus Wagenfeld herausgekommen ist.«

Er lehnte sich zurück und atmete tief durch. »Nichts Auffälliges. Zunächst ist er in die Kölner Straße gefahren, dort wohnt Richy. Hat ihm aber keiner aufgemacht. Danach hat er sich zu den Wohnungen von Mandy und Alex begeben. Demnach sind die beiden heute ebenfalls nicht in der Werkstatt erschienen, sonst hätte er sie ja nicht zu Hause besuchen wollen. Weder an der einen noch an der anderen Adresse hat er jemanden angetroffen. Wahrscheinlich sollte er sie abholen. Das gehört sicherlich zu seinem Arbeitsauftrag. Danach ist er also allein zurück in die Werkstatt. Ungefähr um halb zwei ist er zusammen mit Heinzelmann wieder los, ins Hauptquartier in der Hollerallee.«

Ich grinste in mich hinein. Dort haben sie bestimmt von Voss ordentlich einen eingeschenkt bekommen. Nachdem ich den Brüllaffen kennengelernt hatte, konnte ich mir in etwa vorstellen, wie das vor sich gegangen war.

»Um halb vier sind sie wieder zurück in die Werkstatt. Ich bin ihm nach Dienstschluss nach Hause gefolgt, und bis ich die Überwachung wegen der angesetzten Dienstbesprechung abgebrochen habe, hat sich da nichts getan.«

»Hast du für Ersatz gesorgt?«

»Nee, sollte ich? Du hast nichts davon gesagt.«

Das stimmte, aber konnte ich nicht einen Funken Mitdenken verlangen? »Denken tut weh, was?«, brauste ich auf.

»Nun ist aber gut. Wer ist denn hier die Chefin, du oder ich?«

Hoppe schien sich königlich zu amüsieren. Er genoss es, wenn wir uns stritten.

Ich schwieg wütend.

»Letzte Woche hat Kathenkamp noch gesagt, dass bei Dienstbesprechungen Anwesenheitspflicht besteht. Was sollte ich denn tun?« Knoll wirkte zerknirscht.

»Vielleicht mal anrufen?«

Ich erntete nur ein ratloses Schulterzucken.

»Meinst du, dass er dich bemerkt hat?«

»Glaub ich nicht. Soll ich dranbleiben?«

Ich nickte zustimmend. »Was denn sonst? Wenn uns jemand zu Richy führt, dann vermutlich er.«

»Nicht Bode? Der ist doch dein heimlicher Favorit«, trat Hoppe nach.

»Ausnahmsweise mal gut aufgepasst. Vielleicht taucht Richy nach Feierabend, wenn alle weg sind, bei Bode auf. Und darum wirst du dir heute den Abend um die Ohren schlagen und ihn observieren«, bestimmte ich harmlos lächelnd und rieb mir innerlich schadenfroh die Hände. Hoppe hatte mir unfreiwillig eine Steilvorlage gegeben, was ihn sichtlich ärgerte. »Knoll, du setzt dich gleich ins Auto und bleibst an dem Wagenfeld dran. Kann ja sein, dass der sich heute Abend erneut auf die Socken macht, um Richy zu suchen. Ruf mich nachher an. Wir entscheiden entsprechend der Lage, ob dich jemand ablösen muss, oder ob wir die Observierung während der Nacht einstellen.«

»Geht klar.«

»Und ihr Kollegen«, wandte ich mich an das Dreamteam Hoppe, Wohlers und Brünjes, »was ist bei euren Befragungen herausgekommen?«

»Hoppe und ich haben in dem Hochhaus alle Nachbarn befragt, und das sind nicht wenig, wie du ja weißt«, sagte Wohlers beflissen, nachdem Hoppe keine Anstalten machte, auf meine Frage zu antworten. »Nur wenige der Bewohner kannten Anja vom Ansehen, die meisten konnten sich gar nicht an sie erinnern. Da kümmert sich keiner um den anderen. Ein paar jugendliche Aussiedler haben hin und wieder mal mit ihr rumgeplänkelt, aber näheren Kontakt hat es wohl nicht gegeben. Hier sind die Protokolle.«

Wohlers, der auf Jogger und Spaziergänger rund um den Fundort in den Wallanlagen angesetzt war, berichtete, dass keiner sachdienliche Hinweise geben konnte. Davon hatte ich mir auch nicht viel erwartet. Der Täter musste die Leiche nachts am Wallgraben abgelegt haben und vom Spazierweg aus hatte man den Plastiksack hinter dem Gebüsch unmöglich sehen können.

***

Schimanski schnurrte hingebungsvoll. Liebevoll kraulte ich seinen Hals und flüsterte ihm ins Ohr, dass er der schönste Kater der Welt sei. Gnädig öffnete er die Augen und sah mich durchdringend an.

»Lust auf Thunfisch?« Ich ging in die Küche und öffnete den Küchenschrank. Ich musste mich nicht umdrehen um zu wissen, dass mein gefräßiger Mitbewohner mir auf leisen Samtpfoten gefolgt war und jetzt direkt hinter mir stand. Ich öffnete eine Thunfischdose, füllte mit der Hälfte des Inhalts Schimanskis Napf und legte mir die andere Hälfte auf eine nicht mehr ganz frische Scheibe Toastbrot. So weit war es schon gekommen, dass ich mir mit meinem Kater das Abendbrot teilte.

Im Gegensatz zu Schimanski stellte sich bei mir keine Vorfreude auf die Mahlzeit ein, nun, der Fisch aus der Konserve hatte wohl auch nichts Besseres verdient. Der Fall ging mir auch jetzt nicht aus dem Kopf. Wo versteckte sich dieser Richy? Die Fahndung lief, aber bisher war kein Hinweis auf ihn eingegangen.

Das Telefon klingelte. Knoll war dran und informierte mich, dass Wagenfeld immer noch zu Hause sei. Auch ein Sozialarbeiter hatte das Recht auf Feierabend. Hoffentlich hatte

Knoll während der Dienstbesprechung nichts verpasst. Ich sah auf die Uhr und entschied, dass es für heute genug war. Hofften wir mal, dass sich in der Nacht nichts mehr tat. Ich schickte einen glücklichen Kollegen in die nächtliche Freiheit, was immer er damit anfangen mochte.

Schimanski saß schmatzend vor seinem Napf, und ich setzte mich mit Weißwein und meinem kargen Abendbrot vor die Glotze. Ich hatte Lust auf Beerbaums Gesellschaft, die ich mir leider abschminken musste, da er an einem neuen Bild arbeitete und nicht ansprechbar war. Vielleicht maulte er aber auch nur, weil ich auf sein Drängen zusammenzuziehen wieder mal so ausweichend reagiert hatte.

Das erneute Klingeln des Telefons jagte mir einen richtigen Schrecken ein. Wer war das denn noch so spät? Ein Blick auf das Display sagte mir, dass es das Pflegeheim war, in dem sich meine Großmutter seit einigen Wochen befand. Kurz nach ihrem neunzigsten Geburtstag hatte sie einen leichten Schlaganfall bekommen und konnte nach Ansicht ihres Hausarztes nicht mehr allein in ihrer Wohnung bleiben. Allerdings hatte ich bei meinem letzten Besuch den Eindruck, dass Oma langsam wieder zur Höchstform auflief. Sollte ich mich getäuscht haben? Schnell nahm ich den Hörer ab. Am anderen Ende meldete sich die diensthabende Nachtschwester und erzählte mir aufgeregt, dass meine Großmutter heimlich das Heim verlassen habe.

Das war mal wieder typisch für Oma. Von Anfang an hatte sie den Heimaufenthalt nicht akzeptiert und wollte da raus. »Was soll ich hier zwischen sabbernden Greisen«, hatte sie lamentiert. »Die haben doch alle einen im Tee. Ich komme noch gut alleine zurecht.«

Ich beruhigte die Pflegerin und versprach, Oma zu suchen. Seufzend legte ich den Hörer auf und zog mich noch mal an. Eine solche Aktion hatte mir gerade noch gefehlt. Ich hatte doch wahrlich genug um die Ohren. Sie konnte ja nur in ihre

Wohnung gefahren sein. Anrufen ging nicht, das Telefon war bereits abgemeldet. Da hatte ich wohl die Rechnung ohne die Wirtin gemacht. Ich war auf alles gefasst.

***

Ich fuhr durch das nächtliche Bremen auf die andere Weserseite. Irgendwie konnte ich meine Großmutter ja verstehen. Sie war der Meinung, dass sie sich noch sehr gut selbst versorgen könne. Bis auf eine leichte Lähmung des linken Armes war von dem Schlaganfall nichts zurückgeblieben. Sie wohnte seit Jahrzehnten in der Bremer Neustadt, ganz in der Nähe meines Elternhauses. Sie hatte dort ihre Freundinnen, ihre vertraute Umgebung und wollte da nicht weg. Außerdem war sie freiheitsliebend, das hatte ich wohl von ihr geerbt. Sie hatte es den Schwestern im Heim garantiert nicht leicht gemacht. Sie war herrisch, dominant, anspruchsvoll und ließ nur eine Meinung gelten: Ihre eigene. Davon konnte ich ein Lied singen. Meine verstorbenen Eltern hatten so manchen Ehestreit ausgefochten, an dem Oma nicht ganz unschuldig war.

Nach dem Tod meines Großvaters war sie zu uns gezogen und hatte ständig zwischen meinen Eltern intrigiert. Diese Charaktereigenschaft hatte sie bis heute nicht abgelegt. Mich wunderte immer wieder, dass ihre Freundinnen das mitmachten. Charlotte gab den Ton an und alle spurten. Auf der anderen Seite hatte sie aber auch wieder sehr liebenswerte Seiten und konnte charmant und gesellig sein. Wenn sie es dann wollte. Die Männer lagen ihr heute noch zu Füßen. Bei den wöchentlichen AWO-Tanzveranstaltungen konnte sie sich vor männlichen Aufforderungen nicht retten. Erfolge, die sie nur zu gerne ihren Mitstreiterinnen unter die Nase rieb.

Ich parkte mein Auto vor ihrem Haus und stellte aufatmend fest, dass im Wohnzimmer Licht brannte.

Als sie mir quietschvergnügt die Tür öffnete, sah ich den Triumph in ihren wachen Augen. Der Lärm, der aus ihrem Wohnzimmer kam, überraschte mich. Was fand denn hier statt?

»Na mein Deern, da staunste was? Ich wusste, dass du kommst. War ja klar, dass die alte Wachtel dich gleich angeweckt hat.«

»Guten Abend Oma«, ich gab ihr einen Kuss auf die Wange und trat ein. »Was machst du denn für Sachen, du kannst doch nicht einfach abhauen.«

»Und ob. Schließlich bin ich ein freier Mensch und ganz bestimmt nicht so durchhin, dass man mich wegsperren muss.«

»Das sagt doch keiner. Aber die machen sich doch Sorgen, wo du bist.«

»Das ist mir doch piepe. Die können mir mal den Puckel runterrutschen.« Oma kam in Fahrt. »Denen hab ich schön die Beddelbrocken vor die Füße geschmissen. Die seh'n mich da nich wieder, das is mal so sicher wie das Amen in der Kirche. Und die komm'n da auch überwech, das glaub man.«

Das tat ich. Resigniert ging ich ins Wohnzimmer und traute meinen Augen nicht. Da saßen drei ältere Damen vergnügt kichernd auf dem Sofa, jede ein mit Danziger Goldwasser gefülltes Gläschen in der Hand, und strahlten mich an. Nach rassiger Tangomusik schwofte Wange an Wange ein Pärchen auf dem Teppich. Kopfschüttelnd sah ich mir das Spektakel an. Das war Charlotte Butenschön live. Flüchtete aus dem Altersheim und machte zur Feier des Tages ein Fass auf. Insgeheim bewunderte ich sie.

»Kommen Sie, setzen Sie sich«, forderte mich eine der fidelen, weiß gelockten Damen auf, bei der das Goldwasser bereits rote Wangen aufs Gesicht gezaubert hatte. »Auch 'n Lütten?« Mit einer schwungvollen Geste nahm sie die Flasche vom Tisch und streckte sie mir entgegen.

»Erst mal wird getanzt.« Der alternde Casanova begleitete seine Tanzdame galant zum Sofa und legte vor mir eine vollendete Verbeugung hin. »Darf ich bitten.«

Das konnte ich unmöglich abschlagen. Mein Ärger war verraucht, und ich fand es einfach nur herrlich, was hier abging. Oma hatte ja eigentlich Recht, was sollte sie im Altersheim, wenn sie hier so viel Spaß haben konnte?

»Sie können Ihre Frau Großmutter doch unmöglich in diesem Mumientempel lassen. Sie ist noch so fit und munter. Das war doch ne Schnapsidee.«

Die hatten alle gut reden. Was hätte ich denn machen sollen? Nach dem Schlaganfall hatte es nicht danach ausgesehen, dass sie sich wieder so aufrappeln würde. »Zu dem Zeitpunkt war es nötig. Sie haben doch auch gesehen, in welchem Zustand sie war.« Nur gut, dass ich ihre Wohnung noch nicht aufgelöst hatte. Seit Wochen lief ich deswegen schon mit einem schlechten Gewissen rum. Nun war ich heilfroh.

Über seine Schulter hinweg beobachtete ich, wie meine Großmutter eine der Altenpflegerinnen parodierte. Sie klatschte in die Hände und rief in einem albernen kindlichen Ton: »Schlafenszeit ... Nun gehen wir alle ins Bett, es ist ja schon sieben Uhr.«

Das Damenkränzchen brach in schallendes Gelächter aus. »Ausgerechnet du Nachteule sollst um sieben ins Bett? Denen hast du es hoffentlich gezeigt.«

»Worauf ihr euch verlassen könnt. Das können die mit mir nicht machen. Prost.«

War klar. Nicht mit Charlotte.

***

Mandy starrte auf den Bildschirm. Das war Richy, der sie ansah. Hatten sie ihn also gefunden. Wie durch Watte hörte sie die Stimme aus dem Fernseher. Was war das denn? Die suchten ihn. Kein Wort davon, dass man ihn tot aufgefunden hatte. Sie konnte es kaum glauben.

»Was hast du denn? Eine Erscheinung?« Jenny stellte eine geöffnete Weinflasche auf den Tisch und sah Mandy, die leichenblass auf den Fernseher starrte, erstaunt an.

»Sch! Sei mal ruhig.« Mandy hörte gebannt zu, wie der Nachrichtensprecher monoton verkündete, Richy werde dringend gesucht, da er im Verdacht stand, eine Straftat begangen zu haben. Hatte sie es doch gewusst, das Schwein hatte Anja auf dem Gewissen. Deshalb hatte er sich in der vergammelten Laube versteckt. Das bedeutete ja, dass sie ihn noch nicht gefunden hatten. Dann lag Richy da womöglich noch. Was sollte sie tun? Ihre Gedanken überschlugen sich.

»Was ist los? Kennst du den Typ?«

Mandy nickte. »Ein Kollege von mir. Ein ganz mieses Schwein. Ich hasse ihn.«

»Und warum wird der gesucht? Ich hab nicht alles mitbekommen.«

»Der wird verdächtigt, er soll eine Straftat begangen haben.« Vielleicht war jetzt die beste Gelegenheit, Jenny die Wahrheit zu sagen?

»Was?«

Sie nahm sich ein Herz. »Ich glaube, der hat meine Freundin umgebracht. Er hat sie auf den Strich geschickt und womöglich ermordet.« Jetzt war es heraus. Ihr war kotzübel.

Jenny starrte ihre Schwester entsetzt an. »Deine Freundin? Sag mal, bist du deshalb hier? Ich wusste doch, dass es Ärger mit dir gibt. Hängst du da etwa mit drin?«

Ja, ja, dachte Mandy und überlegte fieberhaft, welche Geschichte sie Jenny jetzt auftischen sollte. Sie konnte ihr unmöglich alles er-

zählen. »Das ist ja mal wieder typisch! Warum soll ich da mit drinhängen?«

»Das fragst du noch? Bisher war es doch immer so.«

»Ach ja? Einmal Dieb, immer Dieb?«

»Beweis mir doch ein einziges Mal das Gegenteil.«

»Anders herum wird ein Schuh draus: Beweis du mir doch ein einziges Mal, dass du Vertrauen zu mir hast. Dass du mich nicht immer als Buhmann siehst. Mensch Jenny, ich habe mich geändert. Hast du mir zugetraut, dass ich eine Ausbildung mache? Dass ich mein eigenes Geld verdiene? Nein, hast du nicht. Im Gegenteil, du traust mir immer nur das Schlimmste zu. Meine Freundin wurde ermordet, und statt dass du mich tröstest, glaubst du, ich habe mit dem Mord etwas zu tun. Das ist so fies.« Mandy ließ ihren Tränen freien Lauf. Bisher hatte sie durch den ganzen Stress gar keine Zeit gehabt, richtig zu trauern. Ihr wurde langsam bewusst, dass sie Anja nie wiedersehen würde. Aber sie hatte ihre Unterlagen, ihr Vermächtnis und sie durfte jetzt keinen Fehler begehen. Das war sie Anja schuldig.

»Was ist denn bloß passiert? Du glaubst, dieser Richy hat Anja auf dem Gewissen? Du musst alles der Polizei sagen, was du weißt. Hörst du?«

»Hab ich doch schon. Das ist doch nur eine Vermutung von mir. Du hörst doch, dass die Bullen nach Richy fahnden. Die haben ihn auf der Liste.«

***

Oma war schon eine Marke. Nie im Leben ging die wieder zurück ins Heim. Ich hatte ihr versprochen, mich um die Formalitäten zu kümmern und ihre Sachen dort abzuholen. Die Freundinnen hatten zugesagt, ihr im Haushalt zu helfen, und der fidele Maximilian hatte sich bereit erklärt, ihre Einkäufe zu erledigen. Hoffentlich ging das gut. Womöglich gründeten die noch eine Senioren-WG. Aber, wenn ich es mir recht überlegte, warum eigentlich nicht? War gar keine so schlechte Idee. Ich hatte ihr jedenfalls unmissverständlich klar gemacht, dass ich nur im Notfall einspringen konnte. Und im Heim war man vermutlich froh, diese Querulantin los zu sein.

Ich parkte direkt vor meinem Haus Am Wall. Der Wall ist eine gute Adresse, vorausgesetzt, man wohnte auf der richtigen Seite. Ich nicht, was mich nicht weiter störte. Zwischen Bürgermeister-Smidt-Straße und Doventor gibt es keine schicken Geschäfte und Galerien, wie Richtung Sögestraße und Bischofsnadel. Meine Hausnachbarn gehörten auch nicht zur feinen Gesellschaft. Neben der Kanzlei eines Winkeladvokaten im Hochparterre wohnten hier Seeleute, junge und alte Hartz IV-Empfänger und direkt unter dem Dach eine Dame des horizontalen Gewerbes mit ihrem Beschützer. Von meinem Beruf ahnte hier keiner von ihnen was, bildete ich mir zumindest ein, wissen konnte ich es nicht, denn ich kannte sie alle nur vom Sehen und von einem »Tachauch« an der Briefkastenanlage oder beim Vorbeigehen im Treppenhaus. Hier lebte man unbeschadet von nachbarlicher Sozialkontrolle und Ratsch und Tratsch über nichtgeputzte Fensterscheiben.

Im Treppenhaus empfing mich bereits ein mordsmäßiger Lärm. Auch das noch. Kuddel Krause, der über mir wohnte, war zurück von großer Fahrt. Das feierte er jedes Mal ganz gehörig mit einer Anzahl lauter, lebenslustiger und trinkfreudiger Damen, und dabei wurde nicht auf die Uhr geschaut. Aus leidvoller Erfahrung wusste ich, dass Klingeln und Bitten um mehr Rücksicht nichts halfen. Bei dieser ausschweifenden Orgie ins Bett zu gehen, lohnte sich auch nicht. Beerbaum? Sollte ich zu ihm fahren? Ich war mir nicht sicher, ob er sich über meinen Überraschungsbesuch freuen würde. Ich ließ mich ja auch nicht gerne beim Arbeiten stören.

Ach was, ich könnte es versuchen. Bevor ich es mir anders überlegte, drehte ich auf dem Fuß um und setzte mich wieder ins Auto.

* * *

Nachdem der nächtliche Überraschungsbesuch bei Jo negativ verlaufen war, befand sich meine Laune heute Morgen auf dem Tiefpunkt. Unverrichteter Dinge war ich wieder nach Hause gefahren, dazu mit einem miesen Gefühl in der Herzgegend. Die Enttäuschung war schnell in Ärger umgeschlagen. Hatte ich es nötig, mit über fünfzig hinter einem Kerl herzulaufen, der mich belog? Von wegen arbeiten. Weiß der Geier, wo der die Nacht verbracht hatte. Sei nicht ungerecht, Mona, ermahnte ich mich. Er war fleißig gewesen, das hatte mir ein neues farbexplosives Gemälde bestätigt, das ich vorgefunden hatte und das mir ausgesprochen gut gefiel. Vielleicht ist er nach einem einsamen Arbeitstag auf einen Absacker zu einem Kollegen gefahren. Was wollte ich denn? Auf der einen Seite wollte ich meine Unabhängigkeit bewahren und mich nicht wieder fest binden, auf der anderen Seite ärgerte ich mich, wenn er das auch für sich in Anspruch nahm. War ich plötzlich eifersüchtig? Warum sollte er mich betrügen? Ich tat es ja auch nicht. Was war bloß los mit mir?

»Was über die Leber gelaufen?« Diesen blöden Spruch hätte Knoll sich lieber schenken sollen.

»Halt ganz einfach die Klappe«, warf ich ihm an den Kopf und nahm einen großen Schluck direkt aus der Sprudelflasche. Ich fand mich selbst ungerecht und fühlte mich sofort noch erbärmlicher.

»Probleme? Oder nur schlechte Laune?«, wollte Knoll wissen und sah mich neugierig an.

»Es gibt doch nichts, was einen mehr aufbaut als Kollegen, die sich an den Problemen anderer weiden«, zickte ich und zog meine Jacke wieder an. Eigentlich wusste ich es besser. Knoll wollte mich nicht ärgern. Ich war einfach nur mies drauf. Und er war der Letzte, der daran Schuld trug. »Tut mir leid, war nicht so gemeint.«

»Ist schon gut.«

Zum Glück war er nicht nachtragend. »Was ist bei der Observation von Bode rausgekommen? Haben die Kollegen sich gemeldet?«

»Bode war den ganzen Abend und auch die Nacht allein zu Hause. Er ist zwischendurch mal zur Tanke, Bier holen. Sonst war tote Hose.«

Wäre ja auch zu schön gewesen, ärgerte ich mich.

»Wo willst du hin?«

»Zu diesem Hampelmann, der läuft mir heute gut rein, das kann ich dir versprechen.«

Knoll zog albern den Kopf ein. »Der kann einem ja jetzt schon leid tun.«

»Darüber musst du dir wirklich keine Sorgen machen. – Gleichzeitig will ich Mandy noch mal auf den Zahn fühlen. Und du ruf die Frikadelle an. Mach ihm Druck.«

***

Heinzelmann lächelte mich unsicher an und hob verlegen die Schultern.

»Das glaub ich jetzt nicht. Mandy ist verschwunden?« Das konnte doch kein Zufall sein. Was lief hier eigentlich?

»Das kommt schon mal vor. Außerdem ist Freimarkt. Zu dieser Zeit haben wir immer sehr viel Fehlzeiten der Jugendlichen zu verzeichnen«, wiegelte er ab. »Ich habe Herrn Wagenfeld schon die Anweisung erteilt, nach ihr zu suchen.«

Toll. Ganz toll, dachte ich aufgebracht. »Das kommt schon mal vor? Menschenskind, Mandys beste Freundin wurde umgebracht. Und jetzt weiß keiner, wo sie ist? Machen Sie sich gar keine Sorgen?«

Das Blut schoss ihm ins Gesicht. Um Gelassenheit zu dokumentieren, wog er den Kopf bedächtig hin und her. Dass er sich nicht wohl in seiner Haut fühlte, konnte er nicht verheimlichen. »Schon ... ja ... aber was sollen wir machen? Sie ist doch erst seit gestern abgängig.«

Seine Nerven möchte ich haben. »Haben Sie keine Ahnung, wo sie sein könnte?«

»Herr Wagenfeld sucht auf dem Freimarkt. Es gibt dort spezielle Fahrgeschäfte, an denen sich unsere Jugendlichen bevorzugt aufhalten.« Sein Telefon klingelte. Erleichtert griff er nach dem Hörer. »Heinzelmann.«

Eine mir wohl bekannte Stimme röhrte durchs Telefon. Heinzelmann versteifte sich und seine Gesichtsfarbe wechselte von rot auf dunkelrot. Fahrig griff er sich mit der rechten Hand durch sein schütteres Blondhaar. »Nein, leider, Richy ist noch nicht aufgetaucht. Ich hätte mich doch sofort gemeldet. Wagenfeld ist unterwegs und sucht ihn ...«

Ich war gespannt, ob er seinem Vortänzer beichten würde, dass Mandy verschwunden war. Tat er nicht. Der Typ war so ein Feigling. Wie war der nur an einen solchen Posten gekommen?

Ich hörte, dass auf der anderen Seite der Hörer aufgeschmissen wurde. Voss hatte es nicht mal für nötig befunden, sich zu verabschieden. So viel Nichtachtung musste weh tun.

Kopfschüttelnd legte Heinzelmann auf. »Unglaublich«, zischte er und wandte sich wieder mir zu. »Tut mir leid, ich kann Ihnen jetzt gerade wirklich nicht weiterhelfen.«

Na toll. So ein Idiot hatte mir heute gerade noch gefehlt. Wutentbrannt stürmte ich aus seinem Büro zurück zu meinem Auto. Mein Privathandy klingelte. Ach nee, mein treuloser Beerbaum. Na, der konnte erst mal schmoren. Gnadenlos drückte ich ihn weg.

***

Ich wartete in meinem Büro auf Anke Hoppensack. Mit ihr machte die Zusammenarbeit Spaß, und je länger ich mit ihr zu tun hatte, desto mehr stellte sich heraus, dass wir auf der gleichen Wellenlänge schwammen. Sie war im Gegensatz zu manch männlichem Staatsanwalt kooperativ und kollegial und ließ sich nicht lange hofieren, bevor sie einer Bitte nachkam. Sie war auch keineswegs arrogant, noch profilierungssüchtig, wie Hoppe und Konsorten behaupteten, deren Angst vor klugen Frauen nur zu berechtigt war. Zwischen uns stimmte die Chemie und wir haben bisher sehr gut zusammengearbeitet, obwohl wir in jeder Beziehung unterschiedlicher nicht hätten sein können. Während ich mehr der sportliche, unkonventionelle Typ war, der auch mal aufbrauste und übers Ziel hinausschoss, verkörperte sie distinguierte Gelassenheit, um die ich sie immer wieder beneidete. Was sie vor einigen Wochen bewogen haben mochte, sich mit dem Kollegen Knoll einzulassen, blieb wohl ihr Geheimnis. Auch ihre äußere Erscheinung war totales Kontrastprogramm zu mir. Während meine Arbeitsgarderobe bevorzugt aus Jeans und Lederjacke bestand, sah man sie stets in zeitlos eleganten Kostümen und Hosenanzügen, die ebenso perfekt saßen wie ihre blonde Hochsteckfrisur. Gut, unsere Tätigkeitsfelder unterschieden sich auch eklatant. Kurz und knapp, Anke Hoppensack und mich trennten Welten.

Das lag schon in unserer unterschiedlichen Herkunft begründet. Ich wurde nicht in eine angesehene Bremer Juristenfamilie mit Villa in Schwachhausen hineingeboren. Mein Geburtshaus stand auf der anderen Seite der Weser, im Buntentorviertel in der Neustadt. Früher wurden die Neustädter von den Altstädtern so richtig hochnäsig behandelt. In der Neustadt kann man doch nicht wohnen, sagten die Altstädter und rümpften die Nase. Ich verbrachte jedoch in den fünfziger

Jahren am Buntentor eine wunderschöne Kindheit. Wir hatten dort unsere ganz eigene Sprache, die sich vom Plattdeutschen ableitete, das Zuhause häufig noch gesprochen wurde. Wenn wir auf die Toilette mussten, gingen wir nach Tanne Meier, wenn wir in den Pfützen spielten, kleeten wir inne Potten. Wer zur Schule ging, ging nache Schule. Unvergessen unsere »Flohkiste«, die Buntentor-Lichtspiele Ecke Gellertstraße, und »Pipers Eisdiele« mit Musik-Box und blonder Bedienung, hinter der die älteren Jungs her waren. Verbotene Doktorspiele »auf Lager«, einem Kohlenlager in der Hardenbergstraße, und Baden und Eislaufen am Werdersee mit seiner Vogelinsel, auf der wir Liebespaare beobachteten.

»Hallo Mona.« Anke Hoppensack betrat mein Büro und riss mich aus meinen nostalgischen Erinnerungen. Über dem rechten Arm hing ihre schwarze Robe, die linke Hand umfasste eine elegante weinrote Aktentasche, die sie auf den Boden neben dem Besucherstuhl abstellte. Nachdem sie die Robe aus feinstem Zwirn über die Lehne des Stuhls gelegt hatte, reichte sie mir die Hand zum Gruß. Ihr Outfit war perfekt und teuer. Da konnte meine neue schwarze Lederhose, die mich eine Stange Geld gekostet hatte, nicht mithalten.

Ich begrüßte Anke und nahm einen Stoß Akten vom Stuhl, damit sie Platz nehmen konnte. Hoffentlich kam Knoll jetzt nicht herein. Ich kann ihn so schlecht leiden sehen.

»Gibt's Neuigkeiten?« Sie setzte sich, zog den dunkelblauen Kostümrock zurecht und sah mich erwartungsvoll an.

»Kaffee?«

»Gern.« Sie griff nach ihrer Aktentasche und zog die rote staatsanwaltschaftliche Ermittlungsakte heraus.

Ich versorgte uns mit frischem Kaffee und klärte sie über den neusten Stand unserer Ermittlungsergebnisse auf. Viel hatte ich wirklich noch nicht zu bieten.

***

Armin Bode setzte die Bierflasche an und ließ den Inhalt ex die Kehle runterfließen. Er rülpste laut und wischte mit dem Handrücken die Lippen trocken. Wo war bloß dieses kleine Miststück? Wie vom Erdboden verschluckt.

Der Boss machte ordentlich Druck, saß ihm ständig im Nacken, wollte die Unterlagen, die Anja ihm geklaut hatte und die jetzt Mandy besaß. Es musste sich um sehr brisantes Material handeln, wenn der Boss eine solche Welle machte. Wo hatte das Luder sich bloß versteckt? Wer kannte sie näher? Wer konnte wissen, wo sie sich aufhielt? In ihrer Wohnung war sie nicht, da hatte Alex schon nachgesehen und auch gleich alles auf den Kopf gestellt, um die Unterlagen zu suchen, aber nichts gefunden. Sie musste sie bei sich haben. Am liebsten hätte er sich selbst darum gekümmert, aber das wäre zu heiß gewesen. Sie wohnte in einer WG und unter Umständen hätte ihn dort jemand gesehen. Alex hatte Glück gehabt, alle waren ausgeflogen, als er dort war, er hatte das Haus aber auch lange genug beobachtet. So viel Zeit hatte er nicht, und ihn durfte man auf keinen Fall mit Mandy in Verbindung bringen.

Richy fehlte an allen Ecken und Kanten. Aber der war vorerst in der Laube gut aufgehoben, sollte erst mal seine Kopfwunde ausheilen lassen, sonst gab es nur dumme Fragen. Alex hatte ihm alles brühwarm erzählt. Kaum zu glauben, dass Richy sich von Mandy hatte niederschlagen lassen.

Er sah aus dem Fenster und beobachtete, wie Voss aus seinem Auto stieg. Der hatte ihm gerade noch gefehlt. Machte der jetzt wieder einen seiner Kontrollbesuche? Schnell sammelte er die leeren Bierflaschen ein und versteckte sie im Schrank unter der Spüle.

***

Ich traute meinen Augen nicht. Kaum hatte Anke Hoppensack mein Büro verlassen, kam Knoll hereingestiefelt und hatte Richy, der einen angeschmuddelten und nur notdürftig angelegten Kopfverband trug, am Schlafittchen. »Das nenn ich eine Überraschung. Wo hast du den denn aufgegabelt?«

»Lange Geschichte.«

»Was ist Ihnen passiert?«

»Auf die Fresse geflogen«, antwortete Richy kurz angebunden.

»Gleich zum ED?«, wolle Knoll wissen.

Ich nickte und telefonierte nach einem Kollegen, der ihn abholen sollte.

Richy blickte mich aus zusammengekniffenen Augen bösartig an. »Was soll das?«

Ich grinste. »Fotos, Fingerabdrücke, Speicheltest, das ganze Programm. Und warum Sie abgehauen sind, können Sie mir später erzählen. Wenn ich Zeit habe«, setzte ich nach. Dieses kleine Miststück würde schon noch merken, mit wem er es zu tun hatte. Erst mal schmoren lassen.

»Bin ich jetzt verhaftet? Was hab ich denn gemacht? Sie können mir gar nichts. Außerdem möchte ich jetzt meinen Anwalt sprechen.«

»Oh, aber bitte sehr, der Herr.« Ich hielt ihm meinen Telefonhörer vor die Nase. »Die Nummer Ihres Anwaltes kennen Sie doch bestimmt auswendig?«

Er reagierte nicht und starrte wortlos aus dem Fenster.

»Na, was ist?«

»Ist ja gut, ich hab nichts getan, also brauche ich auch keinen Anwalt. Ich will hier nur so schnell wie möglich wieder raus.«

»Das liegt an Ihnen. Wenn Sie kooperativ sind, meine Fragen erschöpfend beantworten, können Sie unter Umständen heute Nacht in Ihrem eigenen Bett schlafen. Ich biete Ihnen aber auch gern unsere Vollpension an.«

Wortlos folgte er dem Kollegen, der ihn abholen kam.

»Mann, das ist vielleicht ein Früchtchen.« Knoll goss Kaffee ein und setzte sich mir gegenüber an den Schreibtisch.

»Gratuliere! Wie hast du ihn gefunden?«

»War eine meiner leichtesten Übungen. Ich bin Wagenfeld nachgefahren, nachdem er Alex bei sich Zuhause abgeholt hatte, und zack, hatte ich ihn.«

»Geht das auch etwas ausführlicher?«, wollte ich wissen.

Knoll grinste. »Aber klar doch. Nachdem Wagenfeld Alex ausgequetscht und schließlich herausbekommen hat, dass Richy sich in einer Laube im Bremer Osten versteckt hielt, wollte er ihn dort abholen, um ihn zu uns zu bringen. Den Rest kennst du.«

***

»So, Herr Manske, dann legen Sie mal los.« Ich stellte das Aufnahmegerät an, lehnte mich betont lässig zurück und betrachtete Richy, der breitbeinig auf dem Stuhl vor meinem Schreibtisch saß, beide Ellenbogen auf den Oberschenkeln deponiert hatte und mich herausfordernd angrinste. Dem würde das Lachen noch vergehen.

»Warum haben Sie sich dem Speicheltest entzogen und sich in der Gartenlaube versteckt? Ich höre.«

Er schnaufte verächtlich durch die Nase. »Ich habe mich nicht versteckt. Ich brauchte eine Auszeit, hatte keinen Bock auf Arbeit.«

Ich zog ironisch meine Augenbrauen hoch. »In welchem Verhältnis standen Sie zu Anja Finke, wann haben Sie die Ermordete zuletzt gesehen? Wer waren ihre Freunde, mit wem hatte sie Kontakt?«

Er sah mich verschlagen an und hatte wieder dieses herausfordernde Grinsen auf den Lippen. »Viele Fragen auf einmal, Frau Kommissarin ...«

»Stimmt. Da habe ich Ihr Spatzenhirn wohl überschätzt. Beantworten Sie erst mal Frage Nummer eins.« Von diesem kleine Wichser ließ ich mich doch nicht provozieren.

»Das war die Frage nach dem Verhältnis, nicht?« Er strich durch seine blauschwarz gefärbten Haare und lehnte sich lässig zurück.

Ich nickte stumm.

»Gestoßen hab ich die Alte, sonst war mit der nix. Ließ sich gut vögeln.« Er sah mich wieder mit diesem unverschämt provozierenden Gesichtsausdruck an.

»Ach ja? Da habe ich aber ganz was anderes gehört. Sie sollen sehr wütend gewesen sein, als Anja Finke mit Ihnen Schluss gemacht hat.« Ganz ruhig, Mona, ermahnte ich mich. In der Ruhe liegt die Kraft.

Das hatte gesessen. Er brauchte einige Sekunden, bis er seine Mimik wieder unter Kontrolle hatte. »Wer erzählt denn so 'n bullshit? Ich«, er tippte sich mit dem rechten Zeigefinger an die Brust, »ich habe mit der Alten Schluss gemacht. Wurde mir zu langweilig im Bett, wenn Sie wissen, was ich meine.«

»Oh, ich verstehe ...« Meine Stimme tropfte vor Ironie. Ich warf Conny einen belustigten Blick zu, den sie lächelnd erwiderte.

»Nun komm mal runter, du Angeber.« Conny, die neben mir saß, stand auf und baute sich vor Richy auf. »Pass mal auf! Du kannst dich vielleicht bei kleinen Mädchen aufspielen, aber nicht hier. Also keine dummen Sprüche mehr, sonst wanderst du gleich in die Zelle, klar? Und jetzt beantworte gefälligst die Fragen korrekt. Verstanden?«

Er wusste nicht, wie er reagieren sollte. Verunsichert blickte er von mir zu Conny und wieder zurück.

»Ob das klar ist?«, setzte Conny nach und sah ihn durchdringend an.

»Ist ja schon gut, Lady. Keine Panik.«

»Der Einzige, der hier gleich Panik schiebt, bist du. Also, wie war das mit Anja?«

Ich beobachtete die Situation amüsiert. Conny war so in Rage, dass sie gar nicht bemerkte, dass sie gerade meinen Part übernommen hatte. Mal sehen, wie das weiterging.

Richy musterte sie. Er schien beeindruckt. »Ja, ich war mit Anja zusammen. Sogar eine ganze Zeit. Wie das so ist. Irgendwann war die Luft raus. Ich hatte keinen Bock mehr.«

»Und dann?«

»Wie und dann?«

»Mein Gott, wer war dein Nachfolger. Brauchst du ne Zeichnung?«

Er rutschte unruhig auf seinem Stuhl hin und her. »Das kann ich nicht sagen, gibt extrem Ärger.«

Conny sah mich stirnrunzelnd an.

»Ärger?« Jetzt griff ich wieder ein. »Warum Ärger, Herr Manske? Los, raus mit der Sprache.«

Ein hinterhältiges Lächeln umspielte seine Lippen. »Na ja, es gibt Leute, die sich um ihre Schutzbefohlenen mehr kümmern, als nötig ist ...«

»Etwas konkreter, Herr Manske!«

»Klaus Wagenfeld ... Der steigt schon mal den Tussen nach ...«

Der Sozi? Das glaubte ich nicht. Ich war mir sicher, dass dieser kleine Wichtigtuer dem Wagenfeld eins reinwürgen wollte. »Hat Anja Ihnen das gesteckt?«

»Logo. Die kam gleich angerannt. Und Wagenfeld hat es nicht nur bei Anja versucht. Der wollte auch Mandy stechen. So was gibt's doch gar nicht«, entrüstete er sich. »Anzeigen wollten die den. Und nun ist Anja tot.«

Und Mandy verschwunden, dachte ich. Nein, das konnte nicht sein. Der erzählte uns hier einen vom Pferd.

»Wann haben Sie Anja zuletzt gesehen?« Auch Conny schien ihm nicht zu glauben und setzte ungerührt das Verhör fort.

Richy schien verwundert, dass wir nicht näher auf seine Beschuldigung eingingen. »Wie?«

»Nicht wie ... wann?« Connys Stimme klang ungeduldig

Unsicher sah er mich an. »In der Werkstatt, einen Tag bevor sie verschwunden ist.«

»Wer waren ihre Freunde? Mit wem hatte sie Kontakt?«

»Ihre beste Freundin war Mandy. Die hatten dauernd was zu labern, wie Weiber so sind.«

»Ach ja?« Conny zog einen Stuhl heran, setzte sich rücklings darauf und rückte ganz dicht an Richy heran. »Wie sind denn die Weiber so?«

Er sah ihr starr in die Augen und zuckte wortlos die Schultern.

Jetzt ging ich zum Generalangriff über. »Hatte Anja auch Kontakt zu Armin Bode? Das müssten Sie doch wissen, Bode ist Ihr Spezi! Sie hängen ständig bei dem ab.«

Bingo. Ihm blieb der Mund offen stehen. »Bode? Wieso Bode?« Er wirkte plötzlich richtig verunsichert.

»Ja, Bode.« Ich wurde ungeduldig. »Hat Bode Anja auf den Strich geschickt? Ich möchte eine Antwort. Und überlegen Sie sich gut, was Sie jetzt sagen.«

Richy schnappte wie ein gestrandeter Fisch nach Luft. Ich konnte sehen, wie es hinter seiner Stirn arbeitete. »Auf den Strich ...?«

»Kommen Sie, Herr Manske, halten Sie uns nicht für blöd. Bode ist wegen Zuhälterei schon mal verknackt worden, da liegt es doch nahe ...«

»Nee, das macht der nicht mehr, ehrlich. Wagenfeld ist Ihr Mann, ganz klar, der kann die Finger nicht von den Mädels lassen.«

»Ich glaube Ihnen kein Wort. Ich will jetzt die Wahrheit hören, aber pronto!«

»Bode hat Anja nicht auf den Strich geschickt.«

»Das werden wir herausfinden. Wo waren Sie eigentlich an dem Abend bevor Anja verschwunden ist?«

Er starrte mich ungläubig an. »Ich?«

»Ja, Sie. Also?«

»Ich war bei Bode. Wir haben uns den Kragen abgesoffen, und ich habe bei ihm gepennt. Ist das verboten?«

»Tolles Alibi.«

»Das kann Bode hundert pro bestätigen. Wenn Sie glauben, dass ich etwas mit Anjas Tod zu tun habe, sind Sie auf dem Holzweg.«

»Ich war bei Anjas Mutter. Und raten Sie mal, was die mir erzählt hat.«

»Keine Ahnung.«

»Ach? Keine Ahnung? Dass ich nicht lache. Die hat mir erzählt, dass Sie Anja abhängig gemacht haben. Und damit meine ich nicht nur sexuell abhängig, sondern drogenabhängig. Na? Was sagen Sie dazu?«

Er zuckte die Schultern. »So ein Quark. Die Alte hat es gerade nötig. Früher gesoffen wie ein Loch und jetzt, wo sie so einen Biedermann geheiratet hat, spielt sie die Vornehme. Das hängt die mir nicht an, mir nicht!«

»Anja war jahrelang drogenabhängig, und Sie waren mit ihr zusammen. Sie sollen ihr die Drogen besorgt haben.«

»Aus Mitleid, die war voll drauf. Was hätte ich denn machen sollen? Aber ich habe auch dafür gesorgt, dass sie einen Entzug gemacht hat. Und was sagen Sie jetzt dazu?«

»Mir kommen die Tränen. Sie? Dass ich nicht lache.«

»Man soll über Tote ja nichts Schlechtes sagen, aber Anja war nicht das liebe Mädchen, wie Sie das gern hätten. Die ist nämlich genauso beschissen groß geworden wie ich.«

Damit mochte er Recht haben. »Sie können gehen.«

Er tippte sich lässig mit zwei Fingern gegen die Stirn, stand auf und ging breitbeinig, als hätte er Kokosnüsse zwischen den Beinen zur Tür. »Geht doch.«

»So ein unverschämter Kerl«, ärgerte sich Conny. »Den hätte ich zu gern in der Zelle schmoren sehen, damit ihm seine Großkotzigkeit vergeht. Glaubst du ihm?«

»Kein Wort. Der steckt garantiert mit diesem Bode unter einer Decke.«

* * *

Nachdem ich das Wenige verputzt hatte, das mein Kühlschrank zur Zeit hergab, saß ich mit einem kühlen Beck's in der Hand und Schimanski auf dem Schoß auf meinem Lieblingssessel und sah aus dem Fenster. Ein ruhiger Abend zu zweit, das hatte was. Obwohl, in mir brodelte es. Nachdem ich Jo Beerbaum weggedrückt hatte, war Funkstille eingetreten. Er hätte es zumindest noch mal versuchen können, dachte ich beleidigt und war in meiner Eitelkeit ganz schön gekränkt. Schimanski schnurrte zufrieden. Der Regen prasselte an die Fensterscheiben. Typisches Freimarktwetter. Bremer Freimarkt und trockene Schuhe kam so gut wie nie vor.

Ich dachte über die Vernehmung von Richy nach und fragte mich, ob die Andeutungen über Klaus Wagenfeld wirklich nur ein Ablenkungsmanöver waren oder ob nicht vielleicht doch etwas dran war. Eigentlich konnte ich mir das nicht vorstellen. Dieser Richy war eine Ratte. Auch die Aussicht auf eine Nacht in der Zelle hatte ihn nicht dazu gebracht, etwas über Armin Bode rauszulassen. Wer ihm wohl die Kopfwunde verpasst hatte? Dass er gefallen war, glaubte ich ihm nicht. Ich musste Mandy finden, von ihrer Aussage versprach ich mir immer mehr.

Das Klingeln des Telefons riss mich aus meinen düsteren Gedanken. Vielleicht Jo? Ich sprang wie hypnotisiert aus meinem Sessel. Wo lag nur das verflixte Ding? Ich hörte es im Schlafzimmer klingeln, sprintete los und fand es auf dem Kopfkissen. Vergeblich versuchte ich, auf dem Display die

Nummer zu lesen. Ohne Lesebrille lief nichts mehr. »Butenschön.« Freizeichen. Mein Gott, konnte er nicht etwas mehr Geduld zeigen? Unwillig ging ich zurück ins Wohnzimmer und nestelte das Brillenetui aus der Handtasche. Ein jetzt glasklarer Blick aufs Display verriet mir, dass mein Sohn das Bedürfnis hatte, mit seiner Mutter zu sprechen. Jonas kommt zum Freimarkt, war mein erster Gedanke. Bevor ich seine Nummer drücken konnte, klingelte es erneut. Beate um diese Zeit? Bitte nicht, das konnte nichts Gutes bedeuten. »Hallo Beate, wo brennt's?« Dumme Frage, ich konnte mir denken, wo es wieder brannte.

»Hi, Mona. Sag mal, gibt es denn nur noch durchgeknallte Typen? Wenn das so weitergeht, werde ich noch lesbisch«, schallte es aus dem Hörer.

Typisch Beate. Ich konnte mir ein Grinsen nicht verkneifen. »Mach es doch, wäre keine schlechte Alternative. Was ist denn nun wieder passiert?« Falsche Frage. Jetzt konnte ich mich auf mindestens eine Stunde Jammern und Ablästern gefasst machen.

»Lange Geschichte. Ich komm vorbei, und wir gehen auf den Freimarkt, okay? In einer halben Stunde bin ich da.«

Bevor ich antworten konnte, hatte sie schon aufgelegt. Warum eigentlich nicht? Schlafen konnte ich ohnehin nicht. Aber auf pikante Details aus Beates Sex- und Liebesleben hatte ich nicht wirklich Lust. Vor einer Woche, sie hatte den Typ gerade kennengelernt, war er der ultimative Traummann ihres Lebens. Wahnsinnig aufmerksam, humorvoll, gut aussehend, hatte Geld und war, für Beate äußerst wichtig, mordsmäßig potent. Eine Woche. Er hatte den Rekord erfolgreich gebrochen. Sie würde mich bis zum Abwinken zutexten.

»Tut mir leid, Schimmi. Dann wirst du den Abend wohl allein verbringen müssen.« Ein strafender Katzenblick traf mich, und ich musste traurig an seine süße Lebensgefährtin Minka denken, die aus purer Neugierde durchs Treppenhaus geflitzt und direkt vor meinem Haus unter ein Auto geraten war. Der Schock saß mir immer noch in den Knochen.

Ach ja, Beate. Ein Fall für sich. Wir kannten uns bestimmt schon zwanzig Jahre. Und zwanzig Jahre hörte ich mir ihre Tiraden an. Schnell verliebt, schnell zusammengezogen, schnell getrennt – und immer auf ihre Kosten. Unbelehrbar, wenn es um Männer ging. Permanent fiel sie auf den gleichen Typ Mann rein.

Kaum hatte ich Jonas zurückgerufen und mich umgezogen, klingelte es, und Beate stürmte mit geballter Energie meine Wohnung.

* * *

Nach Rostbratwurst, Zuckerwatte, Mandeln und einer nicht gerade rückenschonenden Fahrt im Auto-Scooter war ich im Bilde. Ich hatte ungefragt erfahren, dass Frank sich innerhalb nur einer Woche zu einem absolut bescheuerten, egoistischen und neurotischen Idioten entwickelt hatte. Ihr zu sagen, dass er diese Eigenschaften vermutlich schon immer besessen hatte, sie es nur anfangs nicht wahrhaben wollte, war müßig und uneffektiv. Meine Meinung war gar nicht gefragt. Beate brauchte mich zum Zuhören. Gute Ratschläge waren unbequem und wurden von ihr doch nur abgeschmettert. Ich erfuhr, dass er noch verheiratet war, was ich von Anfang an vermutet hatte, und er nur eine Frau fürs Bett brauchte. Auch das überraschte mich nicht. Beate hatte zweifelsfrei seine Erwartungen erfüllt.

»Was hast du denn geglaubt?«, wagte ich einzuwerfen. »Mensch, Beate, das kennst du doch alles rauf und runter. Du fällst doch immer wieder auf diesen Typ Mann rein.«

»Du hast gut reden. So einen wie deinen Beerbaum findet man nicht alle Tage. Halt dir den bloß warm, das sag ich dir. So ein Mann ist wie ein Sechser im Lotto. Du weißt gar nicht, wie viel Glück du hast.«

Darauf wollte ich heute nicht näher eingehen.

Wir hörten Dixielandmusik, die in die Beine ging. Mir fiel ein, dass heute Oldie Night auf der Bürgerweide unter freiem Himmel angesagt war. Ausnahmsweise regnete es bis jetzt noch nicht, und wir hatten unsere Schirme im Auto gelassen. Ein Blick zum Himmel ließ mich daran zweifeln, dass das eine gute Idee war. Aber wir hatten Glück. Interessiert folgten wir der Musik und sahen schon von Weitem eine swingende und tanzende Menschenmenge zwischen Buden und Fahrgeschäften. Bremen außer Rand und Band.

»Siehst du hier ein Klo?« Beate trat unruhig von einem Bein aufs andere.

»Komm mit, ich habe dahinten die Toilettenwagen gesehen«, sagte ich und zog sie am Arm hinter mir her.

Ich wartete draußen auf Beate und schaute mich um. Nanu? Den kannte ich doch. Erstaunt beobachtete ich Bernd Schade, der nicht weit entfernt mit zwei etwa dreizehn Jahre alten Lolitas, die aufreizend gekleidet und geschminkt waren, an einer Würstchenbude stand. Weit und breit waren weder seine Frau, noch Julia oder Sissi zu sehen. Sind wahrscheinlich, dachte ich, auch auf dem Klo, von dem Beate sichtlich erleichtert gerade zurückkehrte.

***

Als ich müde in den Spiegel schaute, fiel mir der blöde Spruch ein: Ich kenn dich nicht, aber ich wasch dich trotzdem. Da musste heute anständig Schminke dran glauben. Der Schönheitsschlaf war etwas zu kurz gekommen. Mein Kopf brummte, der Magen rebellierte und der Kreislauf spielte verrückt. Es war wohl doch ein Bier zu viel gewesen und der letzte Korn hatte auch nicht unbedingt sein müssen, um bei den Sprüchen zu bleiben, aber mehr war zur Zeit bei mir einfach noch nicht drin. Nachdem mich Beate gegen zwei Uhr zu Hause abgesetzt hatte, war ich wie tot ins Bett gefallen.

Ein plötzliches Ziehen in der Herzgegend signalisierte mir, dass ich wieder in der Wirklichkeit angekommen war. Wo mochte Jo seine Nacht verbracht haben? Ich wischte diesen Gedanken schnell aus meinem Kopf und dachte an Jonas, der zum Wochenende aus Heidelberg kommen wollte. Wenigstens etwas Positives. Ich freute mich auf ihn. Hoffentlich waren wir bis dahin im Fall Anja Finke ein Stück weiter, dass ich auch Zeit für ihn hatte. Und wenn sich mein Herzbube bis dahin nicht melden sollte, hatte ich mehr davon, als meinem Sohn vermutlich lieb war.

Unter der Dusche beschloss ich, auf dem Weg ins Präsidium bei Wagenfeld zu Hause vorbeizufahren, um mit ihm über Mandy zu sprechen. Er hatte uns zu Richy geführt, warum nicht auch zu Mandy? Er wohnte im Viertel, also fast auf dem Weg.

Vor der Duschabtrennung tigerte Schimanski unruhig hin und her und maunzte zum Steinerweichen. Als ich die Dusche öffnete, sprang er wie der Blitz hinein und schleckte voller Entzücken mein Duschwasser auf. Was an Seifenlauge so prickelnd für einen Kater war, konnte ich mir beim besten Willen nicht vorstellen. Das störte ihn aber nicht.

Ich schmiss ein Aspirin ein und nahm mir noch Zeit, einen Blick in die gestrige Tageszeitung zu werfen, die ungelesen auf dem Couchtisch lag.

»Missbrauch der Tochter vorgeworfen – Prozessauftakt gegen 47-Jährigen.« Da hatte so ein perverses Schwein über Jahre hinweg seine jetzt fünfzehnjährige Tochter zu sexuellen Handlungen gezwungen. Das Klingeln meines Handys verdrängte den Gedanken an Selbstjustiz. Ein Blick aufs Display ließ mein Herz höher schlagen. Bingo, ging doch.

***

Wagenfeld wohnte in einem alten Haus aus der Gründerzeit, direkt unterm Dach. Während ich die zahlreichen Stufen zu Wagenfelds Wohnung hinaufstiefelte, dachte ich über das Telefongespräch mit meinem Beerbaum nach. Jo hatte so merkwürdig geklungen. Von einer Veränderung hatte er gesprochen, die er unbedingt mit mir diskutieren müsse. Was sollte das denn? Hatte er die Faxen dicke? Womöglich eine neue Muse? In einem Anfall von Wahnwitz hatte ich ein großbusiges blondes Gift vor Augen. Ganz cool hatte ich ihm offenbart, dass wir das morgen besprechen könnten, da mir heute keine Zeit für Privates bliebe. Warum hatte ich das gesagt? Blöde Kuh. Ich wurde richtig unruhig, seine Stimme hatte ein klein wenig nach schlechtem Gewissen geklungen. Sollte er wirklich ...? Nun ja, die Konkurrenz schläft nicht. Wieder so ein Spruch. Ich sollte langsam wach werden. Aber diesen Gedanken mochte ich jetzt nicht weiterdenken.

Endlich oben angekommen, war ich ganz schön aus der Puste. Die hohe und steile Treppe hatte mich geschafft. Ich sollte wirklich das Rauchen aufgeben. Hinter der Tür hörte ich die Klospülung. Ich wartete aus Rücksicht einen Moment, bevor ich klingelte. Wagenfeld öffnete. Er war zum Glück schon fix und fertig angezogen.

»Guten Morgen, Herr Wagenfeld.«

Er starrte mich überrascht an. »Moin ... Frau ... Butenschön ...«, stammelte er. »Ist was passiert?«

»Darf ich reinkommen?«

»Sicher, ja ... Kommen Sie.« Er gab den Weg frei und ließ mich eintreten.

»Kaffee?« Er hatte sich wieder gefangen und ging voraus in die Küche.

»Gern.«

Ich folgte ihm, und ein kurzer Blick ins Wohnzimmer verriet mir, dass hier jemand die Nacht auf der Couch verbracht hatte. Doch nicht etwa Mandy? Dann hatte er ein Problem.

Aus dem Küchenschrank über der Spüle, auf der zwei noch nicht abgewaschene Weingläser standen, holte er einen bunten Kaffeebecher heraus. »Wollen Sie nicht Platz nehmen?« Er wies mit einem Kopfnicken auf die Eckbank.

»Herr Wagenfeld, hat sich Mandy zwischenzeitlich bei Ihnen gemeldet?« Ich setzte mich und beobachtete, wie er mir umständlich Kaffee einschenkte. Ich trank einen Schluck von dem starken Gebräu und sah ihn aufmunternd an.

»Sie werden lachen, aber Mandy stand gestern spätabends unangemeldet vor meiner Tür«, erzählte er freimütig und lächelte mich etwas verschämt an.

»Ach ... Das ist ja interessant. Und wo ist sie jetzt?« Mist, ich hätte Knoll nicht abziehen sollen. Aber wer ahnte denn, dass Mandy so spät noch bei Wagenfeld aufschlagen würde?

»Abgehauen. Sie hat hier geschlafen und heute Morgen war sie weg.« Er sah mich ratlos an, zog Tabak und Blättchen aus der Hosentasche und begann, sich eine Zigarette zu drehen. »Ich hätte Sie natürlich gleich heute Morgen angerufen.«

Ist klar, sollte ich ihm das glauben? »Was hat sie erzählt? Wo war sie und warum ist sie nicht zur Arbeit gekommen?«

Wagenfeld zuckte die Achseln. »Sie hat nichts rausgelassen. Mandy ist schwierig, sie wollte schon abhauen, als ich sie ganz vorsichtig ausgefragt habe. Sie hat vor irgendwas Angst.«

»Oder vor irgendwem«, mutmaßte ich.

»Ich weiß nicht, sie hat so komisch nach Richy gefragt. Haben Sie ihn laufen lassen?«

Ich nickte. »Ja. Er hat übrigens ohne zu mucken den Speicheltest gemacht.«

»Das wundert mich allerdings.« Er hob fragend die Glaskanne. »Noch einen?«

Ich lehnte dankend ab. »Herr Wagenfeld, Richy behauptet, Sie hätten mit Anja und Mandy Sex gehabt und beide wollten Sie anzeigen. Das wäre ein Motiv ...«

Mit der geballten Faust schlug er heftig auf die Tischplatte. »Diese miese kleine Ratte! Das glauben Sie doch nicht etwa? Der will mir doch nur eins reinwürgen.«

»Warum sollte er?«

»Weil er stinksauer auf mich ist. Ich habe dafür gesorgt, dass er eine Abmahnung bekam. Der legt in letzter Zeit ein Benehmen an den Tag, das nicht mehr zu vertreten ist. Er hat rumgeprahlt, dass er es mir zeigen werde, dass ich mich warm anziehen müsse. Und dann hängt er dauernd bei Armin Bode rum, das gefällt mir ganz und gar nicht.«

Da musste ich ihm Recht geben. Bode war nun wirklich der denkbar schlechteste Umgang. Trotzdem. »Das sind schwere Vorwürfe, die Richy da gegen Sie erhoben hat. Dass ich dem nachgehen muss, wissen Sie.«

»Da ist nichts dran. Erstunken und erlogen. Sie können gerne Mandy fragen, ich habe keins der Mädel angerührt oder auch nur im Entferntesten an so etwas gedacht. Aber da ist noch was ... Ich habe etwas beobachtet ...«

***

Wenn es stimmte, was Wagenfeld vermutete, dann ging Mandy anschaffen. Und das nicht freiwillig. Könnte es sein, dass im selben Haus auch Anja die Freier bedienen musste? Dazu fiel mir natürlich als erstes Armin Bode als Drahtzieher ein. Und Richy spielte Bodes Handlanger, der die Drecksarbeit für ihn machte. Bode war fällig. Ich griff nach dem Telefon, um Anke Hoppensack über den neuesten Stand der Dinge zu informieren, als die Tür aufging und Heinzi, unser »Schneewittchen«, mir tänzelnd die Post brachte.

»Nicht viel dabei«, sagte er und lächelte mich treuherzig an. Er trug ein groß geblümtes Jackett zu schwarzen Jeans. Seine Füße steckten in spitzen Cowboystiefeln aus imitiertem Schlangenleder. Abgesehen von seiner extravaganten Kleidung, wirkte er immer wahnsinnig adrett und sauber.

»Umso besser, Heinzi. Leg alles in den Korb.« Ich nickte Richtung Ablage.

»Hast du schon die Story mit dem Hund gehört?« Er platzte geradezu vor Mitteilungsdrang. Heinzi kam im Haus rum und war besser informiert als jede Tageszeitung.

»Kalter Hund? Meinst du den Kuchen, den du uns letzte Woche mitgebracht hast? Der war super lecker.« Kalten Hund gab es früher immer auf Kindergeburtstagen. Kekse und Schokolade in Schichten, schön kalt, das war ein Gedicht. Den hatte ich schon hundert Jahre nicht mehr gegessen.

»Kuchen? Quatsch. Willst du es hören? Eine megageile Geschichte.«

Nicht wirklich, dachte ich. »Erzähl.« Ich gab mich geschlagen. Er würde doch keine Ruhe geben, bis er seine Story losgeworden war.

»Also beim Diebstahl liegt eine Anzeige vor ...«

»Ist ein toter Hund geklaut worden?«, fragte ich ungläubig. Möglich war hier alles.

Heinzi nickte kichernd und setzte sich mit einer Pobacke auf meinen Schreibtisch. »Pass auf, da geht eine Frau mit ihrem Hund in einen Elektromarkt, und plötzlich fällt der Hund tot um.« Er machte eine Kunstpause. Wollte wohl meine Neugierde wecken.

»Und dann?«

»Dann hat ein Verkäufer einen großen Karton geholt, in dem vorher ein Fernseher verpackt war.« Er konnte sich kaum halten vor Lachen.

Ich mochte mir nicht vorstellen, dass mein Schimanski mal in einem Elektromarkt das Zeitliche segnen sollte. Gut, das lag bei meinem Stubentiger wohl kaum im Rahmen des Möglichen. Gleichzeitig hatte ich aber meine totgefahrene Minka vor Augen, und das machte die Geschichte nun wirklich nicht witzig. »Und dann?« Ich wurde etwas ungeduldig. Heinzi war Weltmeister im Ausschmücken von Geschichten. Ich wollte das Ganze ein wenig abkürzen.

»Dann haben zwei Verkäufer das Paket auf den Parkplatz geschleppt und ihn dort neben dem Auto vom gerade verwaisten Frauchen abgestellt.«

»Ah ja ...« Langsam schwante mir etwas.

»Die bezahlte noch schnell Batterien, und als sie zu ihrem Auto kommt, ist der Karton weg.« Ein erneuter Lacher. »Stell dir mal das Gesicht von dem Dieb vor ... Der macht die Verpackung auf und glaubt, einen nagelneuen Fernseher zu besitzen ...«

»Und hat einen toten Hund im Karton.« Die Story entbehrte ja nun wirklich nicht einer gewissen Komik. Aber als passionierte Tierfreundin fand ich das nicht wirklich prickelnd. »Heinzi, du besitzt wohl keine Tiere?«

Ein Blick aus entrüsteten Augen traf mich. »Aber Moni, natürlich. Ich liebe meinen Candyboy mehr als mein Leben.«

»Candyboy? Wer soll das sein?« Ich zog fragend meine Augenbrauen hoch.

»Na, mein zauberhafter Siamkater. Ach, du kannst es dir gar nicht vorstellen, der ist so was von possierlich. Manchmal könnte ich ihm aus Liebe die Pfoten abbeißen.«

Wie bitte? Auf die Idee war ich bei Schimanski noch nie gekommen. »Kannst du dir nicht vorstellen, wie sich die Hundehalterin fühlt? Die kann nicht mal ihren Liebling begraben.«

»Ja ... Du hast ja Recht. Aber gut ist die Story schon, oder?«

Ich zuckte ratlos die Schultern. Gegen diese umwerfende Logik kam ich nicht an. »Sag mal, hast du an die Karten gedacht?« Er hatte mir Theaterkarten versprochen. Unser

Heinzi war unheilbar schwul, zur Zeit mit einem der Balletttänzer liiert und kam so an die begehrten Freikarten heran.

»Aber natürlich Schatzimaus, morgen hast du sie, versprochen.« Er tänzelte zur Tür und winkte mir zu. »Tschüssi.«

»Tschüss.« Die Schatzimaus überhörte ich. An seine Koseworte hatten wir uns inzwischen alle gewöhnt und nahmen sie amüsiert in Kauf. Wir Mädels liebten Heinzi, seine Hilfsbereitschaft, seine gute Laune und seine herzerfrischende Art. Heinzi hatte immer ein offenes Ohr, kannte die geheimsten Kümmernisse unserer Verwaltungsdamen und jungen Schutzpolizistinnen, tröstete, gab gute Ratschläge, mit einem Wort, er war die gute Seele des Präsidiums. Sehr begehrt waren seine göttlichen Kochrezepte, die er nur zu gerne an uns weitergab. Da konnte Hoppe noch so sehr über die Schwuchtel lästern, wie er Heinzi respektlos nannte, wir ließen nichts auf unseren Heinzi kommen.

Ich nahm den Poststapel in die Hand und blätterte ihn durch.

»Na, hat unser Schwulibär wieder auf Schatzimausis Schoß gesessen?«

Ich musste gar nicht hochsehen, ich wusste auch so, dass Hoppe den Raum betreten hatte. »Du kommst wie gerufen, da liegt eine Adresse. In dem Haus befindet sich ein Sex-Studio, in dem sich laut Wagenfeld Mandy prostituieren könnte. Fühl denen mal auf den Zahn. Vielleicht hat Anja Finke auch dort gearbeitet. Das ist doch etwas für einen ganzen Kerl wie dich.«

***

»Wo wollen wir denn hin? Bestimmt zu dieser Bullenschlampe.«

Mandy zuckte zusammen. Im nächsten Moment fühlte sie eine Hand im Nacken und wusste augenblicklich, zu wem sie gehörte.

»Hast gedacht, du bist mich los geworden, hä?« Richy lachte höhnisch. »Bin ich wohl gerade rechtzeitig gekommen, bevor du

singen gehst. Oder warum stehst du hier vor der Bullerei?« Er drückte fester zu und schüttelte sie wie eine nasse Katze.

Ihr Herz stand still. Sie wagte kaum zu atmen. »Hallo Richy, die haben mich vorgeladen ...«

Er griff ihr in die langen Haare, wickelte sie einmal um seine Hand und zog kräftig.

»Du wolltest mich umbringen, du Miststück.«

»Nein, ganz bestimmt nicht, ich wollte nur raus aus der Laube, warum hast du mich nicht ...«

»Fön mich nicht zu, sonst raste ich aus.«

Der Schmerz wurde unerträglich, ihr schossen die Tränen in die Augen. Warum half ihr niemand? War hier denn keiner? Sie versuchte den Kopf zu drehen, aber er hielt sie immer noch ganz fest an den Haaren, die kleinste Bewegung tat unbeschreiblich weh.

»Wir beide reden später noch miteinander, darauf kannst du dich verlassen.« Er ruckte noch einmal brutal an ihren Haaren. »Mein Spätzchen, der Boss will die Unterlagen, und du wirst mir jetzt sagen, wo du sie versteckt hast. Verstanden?« Er zog sie fest an sich.

»Es gibt keine Unterlagen, die habe ich nur erfunden. Echt wahr«, wimmerte sie. Das klang nicht mal in ihren Ohren glaubwürdig. Sie zitterte am ganzen Körper, ihre Beine waren weich wie Pudding und gehorchten ihr kaum. Seine Bierfahne war jetzt ganz nah, sie musste würgen.

Er schob sie zu seinem Wagen, der einen Steinwurf entfernt stand. »Du setzt dich jetzt ganz brav ins Auto, ich rufe Bode an und sag ihm, dass ich dich gefunden habe. Der schäumt vor Wut. In deiner Haut möchte ich nicht stecken. Das gibt Mega-Dresche, das kannst du mir glauben.« Er lachte triumphierend und zeigte seine gelichteten Vorderzähne. »Wenn der dich abgeschifft hat, wirst du froh sein, wenn du überhaupt noch zu Linda darfst.«

Mandy stolperte an seiner Seite zum Auto. Fieberhaft dachte sie darüber nach, wie sie sich befreien könnte. Wenn sie erst im Auto saß, war sie verloren.

* * *

Nachdem mich Wagenfeld telefonisch informiert hatte, dass Mandy auch heute in der Werkstatt fehlte, hatte ich mich entschlossen, gemeinsam mit Conny bei ihr zu Hause nachzusehen. Vielleicht hatten wir Glück und erwischten sie dort.

»Der Sozi glaubt tatsächlich, dass Mandy anschaffen geht?« Conny drehte sich eine Zigarette und sah mich von der Seite an.

»Für ihn sieht alles danach aus. Er hat Mandy darauf angesprochen, aber die bunkert. Ich glaube, er ist enttäuscht, dass sie sich ihm nicht anvertraut, zumal er den Eindruck hat, dass sie das wohl nicht freiwillig macht.« Ich lenkte meinen Dienstwagen durch diverse Einbahnstraßen, um in die Feldstraße zu gelangen, wo Mandy ein Zimmer in einer WG bewohnte.

»Krass. Und nun ist sie verschwunden. Meinst du, dass diese Zuhältertypen was damit zu tun haben?« Conny steckte sich die fertig gedrehte Zigarette hinters Ohr und sah mich fragend an.

»Hoffentlich nicht. Aber Sorge macht mir das schon. Aus irgendeinem Grunde wollte sie gestern nicht nach Hause und hat lieber bei Wagenfeld geschlafen. Und heute Morgen hat sie dann die Fliege gemacht, solange er noch schlief.«

»Die hat vor irgendjemandem Schiss. Aber wenn sie sich bei Wagenfeld sicher fühlte, dann hätte sie doch mit ihm zusammen in die Werkstatt fahren können. Oder der wollte letzte Nacht wirklich was von ihr. Das würde doch gut zu Richys Beschuldigungen passen.«

»Zu gut, wenn du mich fragst. Nee, ich glaub dem Wagenfeld, dass Richy ihm nur eins auswischen will.«

»Was Anja wohl an dem gefunden hat?«

»Das frag ich mich auch. Sie war ihm hörig, der konnte mit ihr machen, was er wollte. Sagt die Mutter.«

»Sagt die Mutter.« Connys Stimme klang ironisch. »Was Mütter so denken. Oh Mann, davon kann ich ein Lied singen.

Meine weiß auch alles besser. Und ahnt jede Katastrophe im Voraus.«

»Und? Hat sie oft Recht?«

Conny verzog gequält das Gesicht. »Wenn du mich so fragst, leider zu oft ...«

Ich nickte befriedigt. Mich traf ein kritischer Seitenblick.

»Ach ja, du hast ja auch einen Sohn, hab ich gehört. Was macht der?«

»Studiert in Heidelberg Jura. Er kommt am Wochenende zum Freimarkt.«

»Dann wirst du ja wenig Zeit für ihn haben. Es sei denn, wir lösen ganz schnell den Fall.«

»Das ist wohl illusorisch. Aber wie ich Jonas kenne, legt der nur seine Klamotten bei mir ab und trifft sich mit alten Freunden.« Hoffentlich schleppte er nicht wieder irgendwelche Bräute an. Unvergessen die peinliche Situation, als er mich bei seinem letzten Besuch morgens mit der Anwesenheit seiner ehemaligen Lehrerin konfrontierte, die halbnackt an meinem Frühstückstisch saß.

»Ist doch normal, oder?«

Ich zuckte die Schultern und nickte zustimmend. »Klar. Es ist eh wie verhext. Wenn er mal kommt, was selten genug ist, haben wir fast immer einen aktuellen Mordfall. Aber er kennt das noch von früher. Mein Ex ist Lehrer, der hatte im Gegensatz zu mir immer viel Zeit.«

»Wie abgefahren. Du warst mit einem Pauker verheiratet?« Das Wort Pauker klang aus ihrem Mund wie etwas furchtbar Unanständiges.

Als Antwort grinste ich nur und bog in die Feldstraße ein.

»Und? Hast du einen neuen Lover? Oder ist die Frage zu intim?«

»Hab ich. Und du?«

»Ich steh nicht auf Männer«, antwortete sie zögernd und starrte aus dem Seitenfenster.

»Aha«, entfuhr es mir.

»Aha? Hast du ein Problem damit?«

»Quatsch.« Ich lächelte sie beruhigend an. Allerdings überraschte es mich bei Conny eigentlich doch. Darauf wäre ich gar nicht gekommen. Aber es war ja bisher auch wenig Zeit für private Gespräche. »Warum sollte ich damit Probleme haben?«

»Na super, dann ist das ja geklärt.«

»Du bist mir doch keine Rechenschaft schuldig.« Sollte ihr das peinlich sein? Konnte ich mir gar nicht vorstellen. Zum Glück wechselte sie das Thema und kam auf den Fall zurück.

»Vielleicht hatte Anja ja niemanden außer Richy und hat sich gesagt, besser den als keinen, denk doch nur mal an ihren Alten. Aber dann muss sie irgendwann doch die Kurve gekriegt haben, wenn sie mit ihm Schluss gemacht hat. Ich wüsste zu gerne den Grund. Das ist dem doch nicht am Arsch vorbeigegangen. Ich kann mir beim besten Willen nicht vorstellen, dass der das einfach so hingenommen hat. Jahrelang macht sie, was er will, und dann schießt sie ihn ab. Damit ist der nicht klargekommen, garantiert nicht. Der muss doch schwer in seiner Macho-Ehre gekränkt gewesen sein. Vielleicht liegt da das Motiv?« Conny sah mich nachdenklich von der Seite an.

»Er behauptet ja, dass nicht Anja , sondern er Schluss gemacht habe ...«

»Typisch. Aber das nimmst du ihm doch nicht ab?«, unterbrach sie mich.

»Natürlich nicht. Mandy und Wagenfeld haben unabhängig voneinander ausgesagt, dass sie es war, die die Beziehung beendet hat. Aber ich will endlich den wahren Grund dafür wissen. Deshalb müssen wir ganz schnell Mandy finden. Außerdem muss sie uns die Namen der mutmaßlichen Zuhälter nennen, die sie in das Studio gefahren haben und mit denen Wagenfeld sie gesehen hat. Der Trottel hat sich leider das Kennzeichen nicht aufgeschrieben.«

»Du glaubst eher, dass Bode der Mörder ist, nicht?«

Ich zuckte die Schultern. »Richy ist ein Großmaul. Der hat sie drangsaliert und terrorisiert, vielleicht auch bedroht. Aber Mord?«

***

Vergeblich versuchte sie, sich zu befreien. Seine Hände waren wie Schraubstöcke. Ihr Herz schlug bis zum Hals. Blanke Panik stieg in ihr hoch.

Im Bruchteil einer Sekunde wusste Mandy, was sie tun musste. Blitzschnell drehte sie sich um und trat ihm mit großer Wucht zwischen die Beine. Dahin, wo es wirklich weh tat.

»Fick dich.«

Sie rannte wie von Furien gejagt Richtung Präsidium. Dorthin wird er mir nicht folgen, dachte sie. Sie stolperte, konnte sich aber schnell fangen und raste zur Eingangstür, die gerade von einem Postboten von innen geöffnet wurde. Als die Tür automatisch hinter ihr zuschnappte, wurde ihr klar, wie knapp das gewesen war.

***

Vor dem Gartenzaun und im Vorgarten standen und lagen bunt bemalte und teilweise auch verrostete Fahrräder kreuz und quer durcheinander. Ein sicheres Zeichen, dass hier eine der zahlreichen Wohngemeinschaften des Viertels residierte. Die Scheiben der Souterraintür zierten diverse abgeschabte Aufkleber. *Zickenzone, Atomwaffenfreie Zone, Atomkraft nein danke, Jesus lebt,* auch ein lila Frauenzeichen war darunter. Man konnte glauben, die Zeit sei stehen geblieben.

»Sieht ja fast aus wie bei uns«, lachte Conny und öffnete die Windfangtür.

»Ja Mensch, wo wohnst du eigentlich?«

»Ganz in der Nähe. In der Horner Straße. Geile Hütte. Du musst mich bei Gelegenheit unbedingt mal besuchen kommen.

Meine Mitbewohnerinnen sind schon ganz gespannt auf dich.«

»Auf mich? Das stimmt nicht wirklich.«

»Klar. Ich hab denen erzählt, wie gut du für dein Alter noch drauf bist. Wenn ich da an meine Mutter denke.«

Ich zog fragend die Augenbrauen hoch und studierte gleichzeitig die zahlreichen Namen, die auf Zetteln geschmiert und teilweise unleserlich auf, an und unter der Klingelleiste klebten. Ich würde es nie zugeben, aber solche Komplimente schmeichelten doch. Nur der Seitenhieb auf mein Alter schmälerte das Kompliment ein wenig. Bevor ich etwas erwidern konnte, wurde die Tür geöffnet und ein junges Mädchen, das aussah, als wäre es gerade einem Dark Fashion-Shop entsprungen, sah uns herausfordernd an. Bis auf das weiß gepuderte Gesicht war an dieser Gestalt alles schwarz.

»Zu wem wollt ihr denn?«

»Ist Mandy zu Hause?« Interessiert betrachtete ich ihre schwarzen Netzstrümpfe, die in super hohen schwarzen Schnürstiefeln steckten. Ihr schwarzer Mantel war fast bodenlang.

»Nee. Die hab ich schon eine ganze Weile nicht gesehen.« Sie sah uns aus schwarz umrandeten Augen neugierig an. »Was wollt ihr denn von Mandy?«

Ich wollte keine Welle machen und ließ meinen Dienstausweis vorläufig stecken. »Das würden wir ihr gern selber sagen. Wann hast du sie denn zuletzt gesehen?«

»Ist schon ein paar Tage her. Seit ihre Freundin ermordet wurde, ist sie grottenschlecht drauf, kannste nichts mit anfangen. Ist ja brutal krass, das mit Anja. Davon habt ihr doch bestimmt gehört.« Sie hielt uns wohl für Mandys Bekannte.

»Du kanntest Anja?«

»Klaro. Hing doch oft genug bei uns ab.«

»Wir würden gern mal Mandys Zimmer sehen?«

Uns traf ein ungläubiger Blick. »Nee nich? Bullen?«

»Jep.« Ich zog meinen Dienstausweis und hielt ihn ihr unter die Nase.

»Erster Stock, zweite Tür links.« Sie schloss die Tür auf und drehte sich um. »Ich muss dann mal.«

Eilig lief sie die Außentreppe hinunter und ließ uns einfach stehen.

»Wir haben noch ein paar Fragen«, schrie ich erfolglos hinter ihr her.

»Später Mädels, ich muss zum Dienst.« Die Fledermaus schwang sich auf ein Herrenfahrrad, hob den Arm und fuhr auf dem Bürgersteig davon.

»Was war das denn?« Kopfschüttelnd sah ich ihr nach.

Conny grinste. »Klarer Fall von Gothik oder das Leben in schwarz.«

Schien im Moment in zu sein. Ich dachte an Mandy und Richy, die ebenfalls diesen Stil bevorzugten. Und Conny schien nicht weit entfernt davon. Wer weiß, vielleicht schminkte sie sich privat auch schwarz-weiß?

»Die Knightbridge waren megageil.«

»Die was?« Ich verstand nur Bahnhof.

»Na, die dreißig Loch Boots«, klärte mich Conny auf. »Die sind doch so was von obercool. Wollte ich mir schon lange zulegen. Ich warte mal die erste Gehaltszahlung ab.«

Ich musste immer wieder feststellen, dass ich, seit Jonas aus dem Haus war, nicht mehr up to date war. Er hatte meine Toleranz häufig über Gebühr auf die Probe gestellt, aber missen mochte ich die Zeit nicht. Langweilig war es nie.

Als sich uns das Chaos in Mandys Zimmer offenbarte, war mir klar, warum sie bei Wagenfeld untergeschlüpft war. Hier musste sofort die Spurensicherung her. In dem Moment, als ich mein Handy aus der Tasche kramte, klingelte es. Knoll. »Was gibt's, Kollege?«

»Du brauchst Mandy nicht mehr zu suchen, sie sitzt hier vor mir. Will mit dir reden.«

»Ich komme. Schick sofort die KTU in ihre Wohnung. Conny wartet hier solange.« Jetzt kam Schwung in die Sache. Dass Mandy freiwillig zu mir kam, konnte nur bedeuten, dass sie auspacken wollte.

***

Ich war gespannt, was Mandy mir erzählen würde. Hatte ich doch den richtigen Riecher gehabt, dass sie mehr wusste, als sie uns bisher erzählt hatte.

Euphorisch gestimmt, betrat ich unser Büro. Knoll und Wohlers saßen am Computer und starrten auf den Monitor.

»Wo ist sie?«

»Draußen, eine rauchen«, informierte Knoll mich.

»Ich komme gerade von draußen, da war sie nicht.« Hoffentlich ist sie nicht abgehauen, überlegte ich, und gleichzeitig beschlich mich ein ungutes Gefühl.

»Dann ist sie vielleicht auf dem Klo, was weiß ich denn. Sie war schon ganz ungeduldig, dass sie solange warten musste«, konterte er eine Nummer zu vorwurfsvoll. »Weit kann sie nicht sein, ihr Rucksack liegt ja noch hier.« Er deutete auf einen abgeschabten schwarzen Lederrucksack, der unter dem Besucherstuhl lag.

»Warum hast du sie nicht befragt?«

»Weil Madam nur mit dir sprechen wollte. Wohl ein Gespräch von Frau zu Frau.«

Ich merkte ihm an, dass seine männliche Eitelkeit bitter angekratzt war, und ging vorsichtshalber mal in die Offensive. »Du hättest ihr wirklich schon mal auf den Zahn fühlen können. Muss man denn hier alles alleine machen?«

»Mein Gott noch mal, ich habe es doch versucht, wie oft denn noch?« Aufgebracht schlug er mit der flachen Hand auf die Schreibtischplatte und funkelte mich genervt an. »Deine Laune geht mir gehörig auf den Zeiger.«

»Ganz ruhig Kollege. Mit deiner Brüllerei änderst du auch nichts. Wer schreit, hat schon verloren.«

»Verschon mich mit deiner Küchenpsychologie.«

Das kommentierte ich nicht. »Hast du die KTU verständigt?«

Knoll nickte. »Was war da los?«

»Mandys Zimmer ist durchsucht worden. Chaos pur. Da hat jemand ganze Arbeit geleistet. Schubladen rausgerissen, die Matratze aufgeschlitzt, Schränke ausgeräumt, das ganze Programm. Darum hat sie vermutlich auch bei Wagenfeld geschlafen, die hatte Angst, die Typen kommen zurück.«

Knoll staunte nicht schlecht. »Wie seid ihr da reingekommen? Doch nicht illegal?«

»Ich muss doch sehr bitten. Ihre Mitbewohnerin hat uns reingelassen und war dann wie der Blitz weg. Die nehme ich mir heute Abend vor. Ich verstehe nicht, warum sie uns nichts von diesem Einbruch erzählt hat.«

»Kann ja sein, dass sie davon gar nichts mitbekommen hat. Wer weiß, wen die alles ins Haus lassen. Ihr konntet ja auch ohne Weiteres reinspazieren.«

Da könnte er Recht haben. »Weißt du, ob Anke Hoppensack im Haus ist?«

Beim Namen unserer Staatsanwältin zuckte mein liebeskranker Kollege zusammen.

»Entspann dich. Die beißt doch nicht. Ihr solltet euch mal richtig aussprechen, das ist ja nicht auszuhalten.«

Knoll verdrehte die Augen und setzte sich an seinen Schreibtisch. »Sie will ja nicht mit mir reden. Für sie bin ich abgehakt. Ein kleiner Kripobeamter passt wohl nicht in ihre Welt.«

Noch eine Frau, die nicht mit ihm reden wollte. Mir lag ein entsprechender Kommentar auf den Lippen, aber den hielt ich lieber zurück. »So ein Quatsch. Die ist nicht so. Sonst hätte sie sich wohl gar nicht erst auf dich eingelassen.« Warum hatte ich ständig das Gefühl, dass er mir nicht alles erzählt hatte? Anke Hoppensack war nicht der Typ Frau, der ohne Erklärung einfach Schluss machte.

Mandy trat aus dem Fahrstuhl und bewegte sich vorsichtig Richtung Eingangstür. Sie hatte Angst, dass Richy irgendwo draußen herumlungern könnte. Sie durfte ihm auf keinen Fall in die Arme laufen. Der Pförtner beobachtete sie und lächelte ihr freundlich zu.

»Ich will nur schnell eine rauchen. Lassen Sie mich gleich wieder rein?«

Er nickte und drückte auf den Türöffner.

Bevor sie die Tür aufzog, schaute sie durch die Glasscheibe und hielt nach Richy Ausschau. Die Luft schien rein zu sein. Erleichtert trat sie nach draußen und fummelte eine Kippe aus der Schachtel. Sie blieb direkt vor der Tür stehen, damit sie im Notfall sofort wieder ins Gebäude rein konnte. Ein Blick auf die Armbanduhr sagte ihr, dass sie fast eine Stunde auf die Kommissarin gewartet hatte. Richy war vermutlich längst weggefahren, saß bei Bode und erzählte ihm brühwarm, dass sie bei den Bullen war. Sie drückte sich in den Hauseingang, um sich die Zigarette im Windschatten anzustecken.

»Da bist du ja.«

Zu Tode erschrocken drehte sich Mandy um und starrte Richy an, der mit einem triumphierenden Lächeln auf den Lippen um die Ecke bog.

Vergeblich drückte sie gegen den Türgriff. Die Tür war verschlossen. Wie irre trommelte sie gegen die Glasscheibe und spähte in die Halle. Der Glaskasten war leer, der Pförtner verschwunden. »Scheiße, Scheiße, Scheiße«, schrie sie verzweifelt und versetzte der Tür einen Tritt. Warum hatte sie auch unbedingt rauchen müssen?

»Aber nicht doch.« Er packte sie fest am Oberarm und zerrte sie Richtung Parkplatz zu seinem Auto. Da saß schon jemand drin,

auf der Rückbank, schaute ihr fies grinsend entgegen. Bode! Richy öffnete die Tür und stieß sie hinein. Sie fiel Bode auf den Schoß. Sofort nahm er sie in den Schwitzkasten und schlug ihr wortlos mit der flachen Hand ins Gesicht.

»Armin, bitte nicht ...«

»Halt's Maul. Wir reden später«, drohte er. Mit einer lässigen Handbewegung forderte er Richy auf loszufahren.

Mandy schlotterte vor Angst. Sie roch Bodes Schnapsfahne und sein aufdringliches Aftershave und wusste nicht, was ekeliger war.

Ganz in der Nähe, auf einem abgelegenen Parkplatz in der Vahr, wurden sie bereits erwartet. Ein vierschrötiger Typ mit Pferdeschwanz lehnte an einem schwarzen Audi und empfing sie mit einem diabolischen Grinsen auf den Lippen. Breitbeinig kam er auf sie zu. »Wird auch Zeit, Bode. Ich warte hier schon eine Ewigkeit. Lass mal sehen, was du mir da bringst.« Besitzergreifend zog er Mandy aus dem Auto und drehte sie einmal um ihre Achse. »Nicht schlecht.« Grob griff er ihr unters Kinn und sah sie mit verschlagenem Blick an. »Von dir hört man ja schlimme Dinge. Das wirst du dir in Zukunft abgewöhnen müssen. Bei mir läuft das nicht.«

Sie erschrak. Was hatte das zu bedeuten, bei ihm läuft das nicht?

»Wann kann ich sie übernehmen?«, fragte er Bode.

Nun geriet sie in Panik. Wollte der sie etwa ...

***

»Ich kann die Kleine ja mal suchen gehen«, bot sich Knoll an. Bevor er aufstehen konnte, wurde die Bürotür geräuschvoll geöffnet. Hoppe, der hatte mir gerade noch gefehlt.

»Na, dann ist die geile Braut ja wieder aufgetaucht. War wohl alle Aufregung umsonst.« Er fletschte seine Lippen und setzte sich distanzlos auf meinen Schreibtisch.

»Geile Braut?«

»Ja, die Kleine, du weißt schon, die Freundin unserer Toten. Ich hab sie gerade wegfahren sehen.«

»Wann?«

»Sie ist vor zehn Minuten mit diesem Richy in seine Karre gestiegen. Sah nicht gerade entspannt aus. Die sind mit einem Karacho abgefahren, als wäre der Teufel hinter ihnen her. Und hinten drin saß dieser prollige Hausmeister.«

Knoll und ich starrten uns entgeistert an. So ein Mist, dann musste ich sie um Minuten verpasst haben. Und warum wusste ich nicht, dass Richy ein Auto besaß? Die Fahndung nach ihm wäre beim letzten Mal einfacher verlaufen.

»Tolle Wurst«, ließ Knoll vernehmen und lehnte sich frustriert in seinem Drehstuhl zurück.

»Die haben Mandy entführt. Das Mädchen ist in Gefahr! Und du lässt sie einfach wegfahren, das gibt's doch nicht«, schrie ich außer mir und funkelte Hoppe wütend an. »Warum hast du sie nicht aufgehalten? Du weißt doch, dass wir sie suchen.«

»Entführt ... Nun halt mal den Ball flach. Wenn sie hier rausspaziert, muss ich doch davon ausgehen, dass sie bei dir war. Außerdem saß sie schon im Auto.« Er verstand meine Aufregung nicht.

»Hast du dir wenigstens das Kennzeichen gemerkt?«

Er hob sein Hinterteil von meiner Schreibtischplatte und zuckte lakonisch die Schultern. »Warum sollte ich? War so 'ne alte Rostbeule. Ein uralter froschgrüner Golf.«

Mir schwoll der Kamm. »Dann kümmer dich sofort um die Fahndung, und du, Knoll, schickst zwei Streifenwagen zur Wohnung von Richy und zur Werkstatt. Die sollen dort warten, bis ich mich melde und sollten sie dort auftauchen, festhalten und mich umgehend informieren.«

***

»Was hast du in dem Puff erreicht«, wollte ich von Hoppe wissen, nachdem er die Fahndung eingeleitet hatte.

Er pflanzte sich lässig auf den Besucherstuhl und streckte beide Beine von sich. »Der Schuppen scheint sauber zu sein. Die Betreiberin war sehr kooperativ, hat mir bereitwillig ihr Studio gezeigt und außer gestandenen Nutten und allerlei feinem Spielzeug habe ich dort nichts Aufregendes gesehen, vor allem nicht eine einzige junge Freizeitprostituierte. Und eine Anja Finke war ihr natürlich völlig unbekannt. Aber wir können ja noch mal bei der Sitte fragen, ob der Laden auf diesem Gebiet schon mal auffällig geworden ist.«

Oh, der Kollege zeigte Eigeninitiative. Das war ja ganz was Neues.

»Dann mach das mal.«

»Gleich.« Langsam schlenderte er auf Knoll zu und grinste dümmlich. »Was wird aus einer Blondine, die in heiße Schokolade fällt?«

Die Antwort konnte nur saudumm ausfallen. Ich beobachtete Knoll, der desinteressiert die Schultern zuckte.

»Die dümmste Praline der Welt.« Hoppe bekam einen Lachanfall und konnte sich gar nicht wieder einkriegen.

Knoll warf mir einen mitleidigen Blick zu und schüttelte verständnislos den Kopf.

Hoppe atmete tief durch und sah abwechselnd Knoll und mich an. »Mann, ihr seid so was von humorlos. Wahrscheinlich geht ihr zum Lachen in den Keller.«

»Normalerweise nicht. Aber deine Witze sind so was von abgestanden, Hoppe.« Knoll stand auf, holte die Kaffeekanne und schenkte meinen Becher voll.

Hoppe, der nie im Leben darauf käme, mir Kaffee zu holen, beobachtete ihn kopfschüttelnd. »Und du, Kollege, bist der letzte Fotzenknecht«, flüsterte er ihm zu, aber immer noch so laut, dass ich es hören musste. Breitbeinig stapfte er zur Tür, klopfte gegen den Türrahmen und verschwand.

Toller Abgang. Solche Sprüche waren wir von Hoppe gewöhnt und grinsten uns nur müde an. Wenn er glaubte, mich damit schockieren zu können, musste er schon andere Geschütze auffahren. Da hatte ich hier schon ganz andere Klopfer zu hören bekommen.

»Der soll sich mal lieber bedeckt halten«, sagte Knoll und lächelte wissend.

»Warum? Hab ich was verpasst?«

»Na ja, da wird so einiges gemunkelt. Das Gerücht geht um, dass angeblich schon gegen einige Kollegen intern ermittelt wird. Da wird so manchem die Muffe gehen. Und ich kann mir gut vorstellen, dass unser Hoppe auch seine Finger im Spiel hat. Du weißt doch, der macht aus Scheiße Rosinen. Denk mal an seine florierende Nebentätigkeit mit den Betten. Ich glaube, die hat er zwischenzeitlich aufgegeben. Habe lange nichts mehr gehört.«

»Ich versteh nur Bahnhof, worauf spielst du an, gibt es was Neues?«

Klar, Hoppe hatte immer was am Laufen. Seine Betten- und Futonverkäufe waren legendär. Es gab eine Zeit, da war keine Kollegin und kein Kollege vor seinen aggressiven Verkaufsangeboten sicher gewesen. Und was war nun schon wieder los?

»Schnapshandel. Es geht um zollfreie, unterschlagene Ware. Einige Mitarbeiter sollen das Zeug verscheuern.«

»Woher weißt du das denn?«

»Du solltest häufiger in die Kantine kommen. Da muss irgendwas bei der Staatsanwaltschaft durchgesickert sein.«

Ich war platt. »Dann sei froh, dass deine Kontakte zur Staatsanwaltschaft auf Eis liegen. Sonst hätte man Anke Hoppensack womöglich als undichte Stelle verdächtigt.«

Er lächelte gequält. »Du glaubst doch wohl nicht, dass die zuverlässige Staatsanwältin Anke Hoppensack mir auch nur ein Sterbenswörtchen verraten hätte.«

»Na ja, im Bett erzählt man schon einiges.« Kaum hatte ich es ausgesprochen, tat es mir schon leid.

»Ha, ha, wieder mal sehr sensibel, die Kollegin.«

»Entschuldigung, war nicht böse gemeint.«

***

Mandy lag an Armen und Beinen gefesselt, frierend auf einer stinkenden Matratze und starrte an die Decke. Es war stockdunkel.

Sie hörte, wie die Kellertür aufgeschlossen wurde und blanke Panik ergriff sie. Laut polterte Bode in den dunklen Raum. Sie schloss die Augen, um nicht in den Lichtstrahl der Taschenlampe zu blicken, mit der Bode ihr ins Gesicht blendete. Er beugte sich bedrohlich zu ihr herunter. Seine protzige Gliederkette tanzte vor ihren Augen.

»Wo sind die Unterlagen, die Anja dem Boss geklaut hat?«

Wenn ich ihm das Versteck verrate, bin ich geliefert. Verzweifelt zerrte sie an den Fesseln und schüttelte den Kopf.

»Du willst es ja nicht anders ...«

»Nein«, schrie sie. »Ich sag alles. Sie sind bei meiner Schwester.«

»Bei deiner Schwester, so, so. Dann werden wir sie bei ihr abholen. Aber erst, wenn ich mit dir fertig bin.«

Die Tür ging auf und Bode ließ von Mandy ab, die mit geschlossenen Augen hilflos auf der Matratze lag.

»Da seid ihr ja«, hörte sie ihn sagen.

***

Ich machte mir große Sorgen um Mandy und war mir hundertprozentig sicher, dass sie nicht freiwillig mit den beiden weggefahren war. Wer weiß, wo sie Mandy jetzt hinbrachten.

Sie hatte mir etwas erzählen wollen, und mein Bauchgefühl sagte mir, dass uns diese Aussage ein ganzes Stück weitergeführt hätte. Was wusste sie? Es musste etwas sein, das Richy und Bode in Schwierigkeiten bringen könnte, sonst hätte er sie nicht abgefangen. Aber woher wussten sie, dass Mandy sich mir anvertrauen wollte? So dumm wird sie doch nicht gewesen sein, dass sie es ihnen erzählt hatte. Und wer hatte ihr Zimmer durchsucht? Meine Gedanken überschlugen sich und die Angst um Mandy wurde immer größer. Wir mussten sie finden, bevor ein Unglück passierte. Ich wollte sie nicht, wie Anja, tot in einem Müllsack liegen sehen.

Nachdem ich bei der Staatsanwaltschaft den Durchsuchungsbeschluss für die Wohnungen von Richy und Bode beantragt hatte, nahm ich mir Mandys Rucksack vor. Geldbörse, Lippenstifte, Lidschatten ... Ich glaubte es nicht. Volltreffer, ein Handy. Ich wurde vom Klingeln meines Telefons gestört.

»Hallo Mona, Marlene hier. Hast du nächste Woche Mittwoch schon was vor?« Die Stimme meiner Bremerhavener Kollegin klang aufgekratzt.

»Warum?«

»Meine Kollegen kommen zum obligatorischen Stühlerücken. Komm doch auch, ich würde mich freuen.«

Seit Jahren hatte ich kein Stühlerücken mehr mitgemacht. »Damit wird man doch überrascht, woher weißt du?«

»Kennst doch die lieben Kollegen, machen es so auffällig, dass der Dümmste drauf kommen muss«, lachte sie. »Haben wohl Angst, dass ich keinen Alkohol im Hause habe, wenn sie plötzlich vor der Tür stehen. Kommst du?«

Ich zögerte. Eigentlich passte Dedesdorf nicht unbedingt in meinen Zeitplan. Ich schielte auf das Handy, das mich im Moment mehr interessierte als Marlenes Einladung.

»Komm Mona, sei keine Spielverderberin ... Bitte ... Ich habe hier schon so viel von dir erzählt. Du kannst dann beweisen, dass die Bremer doch ganz nett sind.«

»Ach ja?« Stühlerücken hinterm Deich und das mit einer Horde trinkfester Fishtown-Cops? Dieser Gedanke überzeugte mich nicht wirklich.

»Einen Abend wirst du dich doch freischaufeln können.«

»Du bist gut. Mein neuer Fall kostet gerade viel Zeit.«

»Bei uns ist auch der Teufel los. Unser Leiter und sein Stellvertreter sind aus disziplinarischen Gründen strafversetzt worden«, flüsterte sie. »Das schlägt hier ganz schön hohe Wellen.«

»Das glaub ich jetzt nicht. Warum?«

»Maulkorbsperre. Aber überleg dir das mit dem Stühlerücken. Ich würde mich wahnsinnig freuen, wenn du kommst. Bring doch deinen Künstler mit, den möchte ich schon lange mal kennenlernen.«

»Also gut, ich werde es versuchen. Aber versprechen kann ich nichts.«

»Dann rechne ich mal mit dir. Tschüss, bis dann.«

Das war ja starker Tobak, was ich da eben über Marlenes Kollegen erfahren hatte. Die Nachricht machte mich ganz schön neugierig. Was war da bloß passiert? Gleichzeitig dachte ich an die Schnapsgeschichte. Sollte Hoppe da wirklich mit drinhängen, würde ich bald auf ihn verzichten müssen. Wäre zwar kein großer Verlust, aber zur Zeit konnte ich auf keinen im Team verzichten.

»Was ist denn Stühlerücken?«, fragte Knoll, der mein Gespräch mitbekommen hatte.

»Alter Brauch. Ich dachte, er wäre längst ausgestorben. Wenn jemand umgezogen ist, stehen plötzlich Freunde und Bekannte unangemeldet vor der Tür und wollen feiern. Peinlich, wenn man damit nicht rechnet und nichts im Haus hat.«

»Komische Sitte.«

»In der Regel ahnt man das, denn jeder, der kommt und feiern will, möchte ja was trinken und essen und darum wird im Vorfeld so viel getuschelt, dass der Dümmste merkt, dass was im Busch ist.«

***

Jenny stellte die Spülmaschine an und ging mit dem gerade aufgebrühten Tee ins Wohnzimmer. Dort stellte sie sich ans Fenster. Der Feierabendverkehr quälte sich durch die Hafenstraße, die seit Wochen vor ihrem Haus auf einer Fahrbahnseite gesperrt war.

Vor einer halben Stunde hatte Mandy gesimst, dass sie auf dem Weg zu ihr war. Die konnte was erleben! Einfach so abzuhauen, ohne sie darüber zu informieren. Sie hatte keine Lust, sich das bieten zu lassen.

Ein zweimaliges Klingeln an der Haustür riss sie aus ihren Gedanken. Das musste sie sein. Kaum hatte sie die Tür einen Spalt weit geöffnet, wurde diese heftig aufgestoßen. Zwei Männer in schwarzer Lederkluft und maskiert stürmten die Wohnung. Blitzschnell drehte einer von ihnen den Schlüssel im Schloss herum und steckte ihn in seine Hosentasche. Der andere drückte sie kräftig gegen die Wand.

Jenny blieb vor Schreck das Herz stehen.

»Wenn du schreist, passiert dir was. Wo sind die Unterlagen?« Seine Hand schraubte sich um ihr Kinn.

»Welche Unterlagen?«, stammelte sie ängstlich.

»Schnauze. Deine Schwester hat uns verraten, dass sie hier in deiner Wohnung sind.« Er griff in ihren Pferdeschwanz und zog kräftig daran.

Jenny ging in die Knie. Vor Schmerz traten ihr Tränen in die Augen. Was waren das für Kerle? Was wollten die von ihr? Wo war ihre Schwester nur wieder hineingeraten? War der eine womöglich der vermeintliche Mörder von dieser Anja? Oh Gott, was würden die mit ihr machen? Was hatten die vor? Die Gedanken überschlugen sich in ihrem Kopf. Ihr Körper begann unkontrollierbar zu zittern. »Ich weiß nicht, wo Mandy hier was versteckt haben soll«, flüsterte sie und starrte ängstlich von einem zum anderen. »Bitte, tun Sie mir nichts.«

Plötzlich hatte der Kleinere von beiden eine Waffe in der Hand und richtete sie direkt auf sie. »Los sag schon, wir verstehen keinen Spaß, Süße.«

Jenny spürte einen Kloß im Hals, ihr Mund wurde trocken. »Wo ist Mandy? Was haben Sie mit ihr gemacht?«

»Die Fragen stellen wir!« Der Größere, der sich bisher im Hintergrund gehalten hatte, riss die oberste Schublade aus der Anrichte und verstreute den Inhalt auf dem Boden. »Du kannst dir viel Arbeit ersparen, wenn du uns sagst, wo die Unterlagen sind.« Seine Stimme klang viel jünger, als die seines Komplizen.

»Ich weiß von keinen Unterlagen. Glauben Sie mir doch.«

»Hast du die Bullenringe dabei? Mach sie fest. Wir nehmen hier mal ganz gepflegt die Hütte auseinander.«

Jenny beobachtete, wie der Jüngere ein Paar Handschellen aus der Hosentasche zog und sie um seinen Zeigefinger kreisen ließ, bis der andere sie ihm abnahm. Der zerrte sie brutal hoch und schubste sie durch die Wohnung ins Badezimmer. »Du willst es ja nicht anders. Los, an die Heizung!«

Gehorsam ging Jenny in die Hocke, ihre Beine gaben widerstandslos nach. Und bevor sie sich's versah, war sie mit beiden Händen an die Heizung gekettet.

Ihr Peiniger strich mit der Waffe über ihre Wange und grinste anzüglich. »Wir werden uns jetzt mal deine Wohnung vornehmen, und wenn wir damit fertig sind, wirst du sie nicht wiedererkennen, das schwör ich dir.«

***

Ich legte den Hörer auf, griff ungeduldig nach Mandys Handy und staunte nicht schlecht. Neben den Nummern von Anja, Richy, Wagenfeld, Alex, war auch die Nummer von Bode gespeichert. Erleichtert stellte ich fest, dass nicht alle Nachrichten gelöscht waren. Bode hatte ihr drei Mal in den letzten Tagen gesimst und der Text war mehr als aufschlussreich.

»Wo bist du? Melde dich sofort, sonst kannst du was erleben!« »Der Onkel wartet.« Und: »Ich sag nur Fishtown, Van-Heukelum-Straße. Willst du da stehen? Ich mach keine Scherze.«

Ich konnte es kaum glauben. Bode bedrohte Mandy. Aber dass er so blöd war, ihr aufs Handy zu schreiben, das hätte ich nicht gedacht. Leider wurde dadurch die Gewissheit größer, dass er sie tatsächlich entführt hatte.

Knoll stand neben mir und schielte aufs Handy. »Was Brauchbares drauf?«

»Und ob. Bode setzt Mandy unter Druck. Kennst du die Van-Heukelum-Straße in Bremerhaven?«

Knoll schüttelte den Kopf. »Frag doch mal deine Freundin in Fishtown. Die wird dir das sagen können.«

»Stell dir vor, da bin ich auch schon drauf gekommen.« Ich konnte mir nur zu gut vorstellen, was sich auf dieser Straße abspielte. Straßenstrich, was sonst.

***

Mandy lag nackt auf der Matratze und erwachte langsam aus der Ohnmacht. Sie zitterte unkontrolliert am ganzen Körper und spürte eine entsetzliche Übelkeit. Es roch entsetzlich nach Erbrochenem. Ihr Magen rebellierte, und sie erbrach sich auf den Fußboden.

Mit zitternden Händen sammelte sie ihre Kleidungsstücke auf, die verstreut im Kellerraum lagen. Was war passiert? Sie fühlte sich benommen, wie in Watte gepackt und speiübel war ihr. Sie konnte sich entfernt daran erinnern, dass Bode sie wegen der Unterlagen ausgefragt hatte. Bruchstückhaft fiel ihr ein, dass Richy, der Kerl, den sie Kralle nannten, und die beiden Typen, die sie immer zu Linda gebracht hatten, dazugestoßen waren.

Was hatten die mit ihr gemacht? Eigentlich war diese Frage unnötig. Die Schmerzen im Unterleib sprachen für sich. Hatten alle fünf ...? Sie übergab sich erneut. Warum konnte sie sich an nichts erinnern? Nicht zu wissen, was genau passiert war, machte sie hilflos und verzweifelt.

Sie zog sich an und taumelte zur Tür. Bevor sie die Klinke drückte, war ihr bereits klar, dass sie verschlossen war. Außer sich trommelte sie gegen die Tür. Ein hysterischer Weinkrampf schüttelte ihren Körper.

***

Ich hatte Marlene an der Strippe: »Van-Heukelum? Unterster Straßenstrich. Dort gibt es zur Zeit großen Stress um die Plätze. Warum fragst du?«

»Eine junge Frau ist verschwunden und aller Voraussicht nach hat man sie nach Bremerhaven gebracht. Eine Spur könnte in diese Straße führen.«

»Ach du Schande«, entfuhr es ihr. »Was hältst du davon, wenn du mich heute Abend in Bremerhaven besuchst? Ich könnte dir dann mehr erzählen und dir das Rotlichtviertel zeigen.«

»Gute Idee. Wann und wo?«

»Wir könnten uns im *Metropol* treffen. Das liegt direkt an der roten Meile. Heute, einundzwanzig Uhr, ist das okay?«

»Puff?«, wollte ich wissen.

Marlene lachte. »Ganz und gar nicht. Der Laden ist sauber. Ich bin häufiger dort, wenn Musikveranstaltungen sind. Die bringen viel Country Musik.«

»Na ja«, sagte ich wenig begeistert.

»Ich weiß, da stehst du nicht so drauf. Da gibt es aber auch Travestie, Krimilesungen und während der letzten Krimiwoche hat dort eine Mafia-Party stattgefunden.«

Das interessierte mich im Moment nicht besonders, ich hatte genug mit der kriminellen Realität zu tun. »Kannst du mich mit einem Kollegen von der Sitte verbinden?«

»Klar. Ich sag dann mal tschüss bis heute Abend.«

***

Die Wohnung sah inzwischen aus, als wäre in ihr eine Bombe eingeschlagen. Bode und Richy hatten ganze Arbeit geleistet. Aber Anjas Unterlagen hatten sie nicht gefunden.

»Wenn du vor ihrem Black-out nach dem Versteck gefragt hättest und der Schlampe nicht so viel von den Tropfen in die Cola getan hättest, müssten wir hier nicht wie die Bekloppten suchen«, fluchte Richy frustriert. »Hoffentlich nippelt die uns nicht ab.« Ihm war mulmig bei der Sache, aber Bode schien das nicht weiter zu jucken.

»Und du willst Kralle wirklich die Alte überlassen?«

»Die ist mein Einsatz. Der nimmt mich mit ins Geschäft. In zwei Monaten ist meine Bewährung abgelaufen und dann steig ich groß ein. Wir können die Ische jetzt nicht mehr freilassen, die verpfeift uns.«

»Ich kann ja mal nachsehen fahren, ob sie wieder einigermaßen fit ist. Dann bring ich sie mit«, bot Richy sich an.

»Keine schlechte Idee, Alter. Pass aber auf, dass sie dir nicht abhaut.«

***

Die Fahndung nach den dreien hatten wir nun bis Bremerhaven ausgeweitet. Der Kollege von der Bremerhavener Sitte war äußerst kooperativ am Telefon gewesen und hatte sich bereit erklärt, an unserem Treffen heute Abend teilzunehmen.

»Kannst du dir vorstellen, dass die Lusche nichts davon mitbekommen hat, was dieser Bode treibt?« Knoll legte seinen Hintern auf meiner Schreibtischkante ab und sah mich fragend an.

»Welche Lusche?«, fragte ich scheinheilig, klopfte dann gegen meine Stirn und lächelte ihn harmlos an. »Ach, du meinst deinen Zwillingsbruder, diesen Wagenfeld ...«

»Über den Zwillingsbruder reden wir noch«, erwiderte er empört und klaute sich einen Kaugummi aus meiner Packung.

»Wenn der mir ähnlich sein soll, bist du blind oder einfach nur boshaft.«

»Ich?«, entrüstete ich mich. »Wenn ich eines weiß, dann ist es, dass ich keine dieser beiden Eigenschaften besitze.« Ich schob mir einen Kaugummi in den Mund und sah ihn treuherzig an.

»Du und nicht boshaft? Wir arbeiten lange genug zusammen, ich kann das beurteilen.«

»Aber Kollege, ich muss mich doch sehr wundern. Ich gebe ja zu, dass Wagenfeld weder so taff ist wie du, noch so ein Adonis ist wie du, aber wenn man euch rein kleidungstechnisch vergleicht, kommt jeder drauf, dass ihr denselben Altkleidercontainer bevorzugt.« Ich zog schon mal den Kopf ein.

»Das kommentier ich jetzt nicht, das ist mir einfach zu bescheuert.« Er stand auf und ging hoheitsvoll zu seinem Schreibtisch.

»So friedfertig heute?«, stichelte ich weiter.

Knoll schnitt eine Grimasse. »Jetzt mal Spaß beiseite. Glaubst du dem Wagenfeld? Der ist doch tagtäglich in der Werkstatt, der muss doch was mitbekommen haben.«

»So wie es aussieht, hat wohl keiner der Mitarbeiter was gemerkt. Bode wird seine Spielchen ja nicht gerade während der Arbeitszeit getrieben haben. Der wohnt dort, und abends ist von denen keiner da.«

»Und die Jugendlichen, die bei Bode rumhängen?«

»Die halten dicht. Haben Schiss vor dem großen Zampano«, vermutete ich. »Da gibt es doch diesen etwas unterbelichteten Freund von Richy, den sollten wir uns mal zur Brust nehmen.«

»Du meinst diesen Alex. Hätten wir längst tun sollen«, meinte Knoll oberschlau und grinste.

»Frag mal, ob die Durchsuchungsbeschlüsse endlich fertig sind. Und wenn dieser Alex heute nicht schwänzt, nehmen wir ihn uns gleich vor Ort zur Brust.«

* * *

Als wir das Werkstattgebäude betraten, kam uns Heinzelmann mit hochrotem Kopf entgegen. »Sie hätten mich informieren müssen, dass hier eine Hausdurchsuchung stattfindet«, empörte er sich.

»Da sind Sie aber gewaltig auf dem Holzweg. Wir durchsuchen die Wohnung von Herrn Bode, und die ist privat«, konterte ich.

»Wissen Sie überhaupt, was das für den Werkstattbereich bedeutet? Die Auszubildenden sind total aus dem Häuschen. Ein ordentlicher Arbeitsablauf findet nicht mehr statt. Was liegt denn gegen Herrn Bode vor?«

»Wann haben Sie ihn zuletzt gesehen?«, antwortete ich mit einer Gegenfrage.

»Ich glaube ... gestern Morgen?«

»Und Richy?«

»Der fehlt doch schon seit Tagen. Was ist denn jetzt mit Bode? Warum die Durchsuchung?«

»Er steht im Verdacht, gemeinsam mit Richy Mandy entführt zu haben. Es wird nach den dreien gefahndet.«

Er starrte mich entsetzt an. »Entführt? Du liebe Zeit! Wie soll ich das der Geschäftsleitung beibringen?«

Ich glaubte, mich verhört zu haben. »Ist das Ihre einzige Sorge? Menschenskind, denken Sie gar nicht an Mandy? Was glauben Sie wohl, was die Kerle mit ihr vorhaben?«

Bevor er antworten konnte, kam Klaus Wagenfeld auf uns zugestürzt. »Was ist mit Mandy?«

Ich erzählte ihm, was inzwischen passiert war. Sichtlich erschüttert nahm er die Nachricht auf. Auf meine Frage, ob er eine Idee habe, wo sich die drei aufhalten könnten, schüttelte er den Kopf.

»Keine Ahnung. Wir müssen sie suchen, dem Bode traue ich langsam alles zu. Das Mädchen ist in Gefahr.«

»Die Fahndung ist raus. Ich muss jetzt erst mal zu den Kollegen in Bodes Wohnung, sehen, ob sie schon was Brauchbares gefunden haben. Ist dieser Alex im Haus?«

Er schüttelte bedauernd den Kopf.

»Ich möchte Sie nachher noch mal sprechen.«

»Ich bin in meinem Büro.«

»Und ich werde die Geschäftsleitung informieren«, meldete sich Heinzelmann kleinlaut zu Wort.

Ohne ihn weiter zu beachten, eilte ich in Bodes kleine Einliegerwohnung. Dort wurde bereits eifrig gearbeitet.

»Schon was Brauchbares gefunden?« Asibude, dachte ich und betrachtete angewidert Bodes Saustall. Wie konnte man denn so bloß leben? Leere Bier- und Schnapsflaschen standen in der kleinen Kochnische auf dem Boden, volle Aschenbecher neben Tellern mit angetrockneten Speiseresten in der Spüle. Auf dem Herd sah ich einen Topf mit verschimmelten Nudeln. Ein Wunder, dass die sich noch nicht bewegten. Ekelhaft.

»Ich denke, damit kannst du was anfangen.« Bernd, der schon seit vielen Jahren bei unserem Verein war, streckte mir einen Stapel Fotos entgegen.

Schnell zog ich ein Paar Gummihandschuhe über meine Hände und nahm ihm die Fotos ab. »Das glaub ich jetzt nicht«, entfuhr es mir. Das war Anja. Anja in einem Matrosenkleidchen auf dem Boden sitzend und neben ihr ... Ich schaute genauer hin und traute meinen Augen nicht. Den Herrn kannte ich doch. Allerdings nicht in diesem Aufzug. Das war mehr als peinlich. Ich starrte entgeistert auf das Foto. Jetzt kam endlich Schwung in die Sache. Ich konnte es kaum glauben. Diese Fotos würden eine Lawine lostreten, das war mal sicher.

Auf den restlichen Fotos immer wieder Anja, in Posen und Positionen, die ich nur schwer ertragen konnte. »Mieses Schwein«, schimpfte ich und steckte die Fotos in eine Plastiktüte, die mir Bernd hinhielt.

Jetzt hatte ich ihn. Diese Fotos waren Beweis genug. Bode hatte Anja anschaffen geschickt, das konnte er jetzt nicht mehr leugnen. Ich war gespannt, wie er mir das erklären wollte. Aber dazu mussten wir ihn erst mal haben.

»Habt ihr ein Adressbuch oder was Ähnliches gefunden?«

Bernd schüttelte den Kopf. »Noch nicht.«

Ich zeigte auf den hochgefahrenen Computer. »Warst du schon drin?«

»Nein, leider nicht. Passwortgeschützt. Wir nehmen ihn mit.«

Ich schnappte mir einen Stapel CDs, der neben dem Computer lag, und versuchte gerade die Beschriftungen zu lesen, als Bernd laut durch die Zähne pfiff. Ich drehte mich um und sah, wie er mit einem Camcorder hantierte. »Was drauf?«

»Und ob.«

Ich schaute aufs Display. »Bode, du verdammtes Dreckschwein.«

***

Nachdem Richy sie aus dem dunklen Kellerverlies befreit und sie auf die Straße geführt hatte, war ihr sofort klar, dass sie sich in Bremerhaven befand. Ihr war schlecht, und sie hatte Schwierigkeiten zu laufen. Der Kreislauf spielte verrückt. Im Auto hätte sie sich fast noch einmal übergeben.

Vor Jennys Haus war kein Parkplatz frei. Unsicher stöckelte Mandy, von Richy am Arm geführt, die Hafenstraße entlang.

»Was habt ihr mir gegeben, Richy? Und was habt ihr mit mir gemacht?«

Er grinste hinterhältig. »Ein kleines Pornofilmchen. Wenn du brav bist, darfst du es dir vielleicht mal ansehen. Hast dich richtig gut angestellt. Die Zuschauer werden begeistert sein.« Er schubste sie in den Hausflur und zerrte sie die Treppe hoch.

»Ihr Schweine«, flüsterte Mandy entsetzt.

»Tu doch nicht so, hat dir doch Spaß gemacht. Du hast Talent, Süße.« Er schloss die Wohnungstür auf und stieß sie hinein. Was sie sah, verschlug ihr die Sprache. Mitten in einem unbeschreiblichen Chaos lag Bode rücklings auf dem Sofa, starrte an die Zimmerdecke und spielte mit einer Pistole. Es war totenstill. Von Jenny keine Spur.

»Wo ist Jenny?« Die Angst nahm ihr fast den Atem.

***

Krieg auf der A 27. Raser, Drängler, gefährlich überholende Lastwagen. Und zu allem Überfluss regnete es Bindfäden. Der Regen peitschte gegen die Frontscheibe und nahm mir die Sicht. Ich hätte Knoll, der zusammengerollt auf dem Rücksitz lag und schnarchte, ans Steuer lassen sollen. Nun war es zu spät. Ich scherte aus und überholte einen klapperigen LKW aus Lettland, der wahrscheinlich mit einem abenteuerlichen Reifenprofil ausgestattet war.

Mir gingen die Fotos nicht aus dem Kopf. Die Fahndung hatte bisher nichts gebracht. Ich wurde wahnsinnig, wenn ich daran dachte, dass die miesen Kerle Mandy in ihrer Gewalt hatten. Was taten sie diesem Mädchen nur an? Und wie konnte Knoll da hinten seelenruhig schlafen, dachte ich wütend.

»Mensch, hab ich einen Kohldampf«, kam es von der Rückbank.

»Da wirst du dich noch etwas gedulden müssen.« Der dachte jetzt ans Essen, das gab's doch nicht. Mir war der Appetit gründlich vergangen.

»Wo sind wir jetzt?«

»Kurz vor Bremerhaven.« Im Rückspiegel beobachtete ich, wie er sich blitzschnell wieder in die Horizontale fallen ließ.

Ich bremste ab. Auch das noch. Baustelle. Einspurig ging es im Schritttempo weiter. Ich konnte mich nicht daran erinnern, wann auf dieser Strecke mal keine Betonplatten ausgetauscht worden waren. Das ging ja schon seit Jahren so. Immer wieder Flickschusterei. Entnervt nahm ich die Abfahrt Fischereihafen. Durch Wulsdorf ging es bestimmt schneller.

Ich hatte Recht. Die Weserstraße war frei.

Ob die Mandy tatsächlich nach Bremerhaven gebracht hatten? Es wäre mehr als ein Sechser im Lotto, wenn wir sie dort im Rotlichtviertel treffen würden. So dumm konnte eigentlich nicht mal Bode sein. Der würde sie irgendwo versteckt halten. Aber wo? Dennoch versprach ich mir viel von dem Abend mit Marlene und dem Kollegen von der Sitte.

»Du kannst hochkommen Schnarchnase, wir sind bald da.« Im Rückspiegel sah ich, wie mein Kollege sich langsam hochrappelte.

»Das sieht ja geil aus.«

Ich stimmte ihm zu. Das Klimahaus war mit tausenden von blauen Leuchtdioden geschmückt. »Warst du da schon mal drin?«, wollte ich wissen.

»Nee, du?«

»Nein, steht aber auf meiner Liste ganz oben. Aber da«, ich zeigte auf das Auswandererhaus, das ich vor vierzehn Tagen besucht hatte, »war ich schon mal, das musst du dir unbedingt mal geben.«

»Ehrlich? Und warum?«

Die Frage war typisch für Knoll. Der interessierte sich nur für Werder Bremen.

»Vielleicht, weil du mal etwas für deine Bildung tun solltest. Das ist wahnsinnig interessant. Du folgst da den Spuren der mehr als sieben Millionen Menschen, die über Bremerhaven nach Übersee ausgewandert sind.

»Wie interessant.«

Was redete ich hier eigentlich? Nie im Leben würde Knoll seine Füße in ein Museum setzen.

***

Wir befanden uns auf der Hafenstraße. Mein Navi sagte mir: Nach der nächsten Ampel links in die Rickmersstraße abbiegen. Die Ampel war rot. Knoll blickte rechts aus dem Fenster. Ein Chinese. Ich ahnte, was kam.

»Chinese. Wollen wir da nicht vorher noch einen Happen essen?« Das klang richtig gierig. »Knusperente mit Orangensoße ...«

»Wir sind spät dran. Imbiss muss reichen.«

»Okay, Hauptsache was zwischen die Zähne.«

»Du klingst, als wärest du kurz vorm Verhungern.«

»Bin ich auch. Du weißt doch, wenn ich Kohldampf schiebe, bin ich unausstehlich.«

»Stimmt. Ich sag doch, Imbiss ist gebongt.«

Knoll stöhnte lustvoll auf. Ich bog links in die Rickmersstraße ab und hatte Glück. Die Parklücke vor dem Imbiss war groß genug. Da kam sogar ich einigermaßen rein. Zweimal vor und zurück. »Passt.«

Wir stiegen aus, und Knoll sah ironisch auf den Abstand zwischen Auto und Bürgersteig.

»Klappe, sonst kannst du deinen Döner knicken.«

»Ich hab doch gar nichts gesagt«, maulte er und starrte einer langbeinigen Blondine in einem Rock breit wie ein Gürtel hinterher, die auf rattenscharfen High Heels an uns vorbeistelzte. »Wow ...« Er drehte sich sabbernd nach ihr um. »Was war das denn?«

»Krieg dich wieder ein. Bei der würdest du eine Überraschung erleben.« Ein Blick hatte genügt um zu erkennen, dass es sich bei der hübschen Blondine um einen Mann handelte. Ich lächelte wissend.

»Du meinst ...«, staunte er.

»Hundert pro eine Transe. Aber nun komm.«

»Nee, das glaub ich nicht. Hast du die Beine gesehen?«

»Hab ich. Manchmal ist das Leben ungerecht.« Ich steuerte auf den Imbiss zu und zog ihn am Ärmel hinter mir her.

***

Wir fuhren direkt auf das *Metropol* zu. Das Kopfsteinpflaster schüttelte uns durch. Ich schaltete einen Gang zurück.

»Sieh mal nach rechts, das gibt's ja gar nicht«, staunte Knoll.

Mein Blick fiel auf mehrere Bordellfenster, in denen spärlich bekleidete Thailänderinnen saßen. Ich traute meinen Augen nicht. Kein Zaun, keine Absperrung, wie wir es aus Bremen von der Helenenstraße kannten.

Ich parkte direkt vor dem *Metropol*. Knoll stieg aus und schaute sich um. »Cool.« Er starrte auf die gegenüberliegende Straßenseite. »Candy House«, las er und kam aus dem Staunen gar nicht mehr heraus.

Das Candy House bestand aus bodentiefen Fensterboxen, die mit blauen Lichterketten geschmückt waren. Hinter den Scheiben saßen die Damen in Bikinis und langweilten sich. War nicht viel los auf der Straße. Eine feilte sich die Nägel, nebenan wurden die Haare geföhnt. Ich schaute die Lessingstraße hinunter und stellte fest, dass sich hier Fenster an Fenster, aufgereiht wie an einer Perlenkette befanden.

Ich packte Knoll an der Schulter und drehte ihn sanft, aber bestimmt wieder Richtung *Metropol*. »Komm, wir gehen rein, vielleicht sind die Kollegen schon da.« Ich öffnete die hölzerne Eingangstür und zog ihn am Ärmel in die Kneipe.

Auf den ersten Blick ganz solides Publikum. Wir quetschten uns durch eine Gruppe quietschfideler Frauen jenseits der fünfzig, hübsch aufgebrezelt, die schon ordentlich einen im Tee hatten. Schankraum und Gaststube waren rappelvoll. Dicke Rauchschwaden umnebelten uns. Der Laden brummte. Eine so volle Eckkneipe hatte ich schon lange nicht mehr betreten. Man konnte sein eigenes Wort nicht verstehen. »Was geht hier denn ab?«, schrie ich Knoll ins Ohr und suchte mit den Augen nach Marlene.

Knoll zuckte fragend die Schultern. »Du wolltest doch hier rein.«

»Ja, aber so super habe ich es mir nicht vorgestellt. Komm, an die Theke.« Folgsam gehorchte er meiner Ansage und stand mir fast auf den Hacken.

»Haben Sie Karten vorbestellt?«, fragte die kleine zierliche Frau mit blondem Lockenkopf hinter dem Tresen.

»Nein, wieso?«

»Wir haben heute Travestie-Show. Johann hat gleich seinen Auftritt.« Das klang so stolz, als würde im nächsten Moment Madonna durch den Laden fetzen.

»Nein, wir sind hier verabredet.«

»Das tut mir leid, aber trotzdem: Heute ist Eintritt. Acht Euro hätte ich gerne.« Sie sah uns erwartungsvoll und geschäftstüchtig zugleich an.

Okay, dachte ich. Gönnen wir uns den Spaß. Ohne die Zustimmung meines Kollegen abzuwarten, drückte ich ihr einen Zwanziger in die Hand. »Und bitte zwei Bier.«

»Werner, zwei Bier«, rief sie dem Mann hinter dem Zapfhahn zu, während sie mir aus ihrer schwarzen Geldtasche vier Euro zurückgab. »Das Bier zahlen Sie später.«

»Das ist nicht dein Ernst«, raunte mir nun Knoll zu. »Kerle im Fummel finde ich so was von ätzend.«

»Nun hör aber auf, du würdest im Fummel ein richtig süßes Mädel abgeben«, raunte ich ihm ins Ohr und grinste hinterhältig. Ich sah mir die Gäste etwas näher an. Neunzig Prozent Frauen, stellte ich fest. Wie immer bei solchen Veranstaltungen. Ich hatte mich schon oft gefragt, warum Travestie eine solche Faszination auf die Damenwelt ausübte.

»Marlene wollte doch kommen«, hörte ich die Wirtin zu ihrem Werner sagen. Er nickte stumm und zapfte in aller Seelenruhe weiter.

Ich wurde hellhörig. Marlene? So häufig war der Name ja nun nicht. Neugierig stellte ich meine Lauscher auf Empfang.

»Sie hat es Johann versprochen.«

Werner nickte stumm. Schien nicht sehr gesprächig zu sein.

»Sprechen Sie von Marlene Wischhusen?«, mischte ich mich ein. »Auf die warten wir nämlich.«

»Ach, dann bist du Mona. Ich bin Ute. Marlene hat mir gesagt, dass ihr kommt.« Ganz selbstverständlich kam ihr das Du über die Lippen. Sie gab mir die Hand und sah Knoll auffordernd an.

»Hallo, ich bin der Jürgen«, sagte er überrumpelt und reichte ihr brav das Händchen.

Ich amüsierte mich köstlich über Knolls Gesicht. »Ich bin der Jürgen«, äffte ich ihm ins Ohr und bekam als Antwort eine abgequälte Grimasse.

»Werner, hast du gehört, das sind Marlenes Kollegen aus Bremen.«

Er sah hoch, wischte sich schnell die Hände an der Hose ab und gab uns nacheinander einen kernigen Händedruck. »Werner.«

Ungeduldig sah ich auf die Uhr. Langsam könnte Marlene nun wirklich mal auftauchen.

»Soll ich mal anrufen?«, bot sich Ute an.

»Ute, muss das jetzt sein? Die Gäste warten«, maulte der schweigsame Werner. »Dass Frauen immer so viel telefonieren müssen ... Ich versteh das nicht.« Er zog mehrfach hintereinander die Schultern hoch und strich über seinen Schnurrbart. »Ist doch wahr. Verstehst du das?«

Der angesprochene Gast, Typ alternder Musiker, zuckte ebenfalls die Schultern. »Müssen wir nicht.«

Ute drückte völlig ungerührt auf ihrem Handy herum. »Mailbox. Dann ist sie bestimmt schon unterwegs.«

»Hoffentlich«, sagte ich zu Knoll, der mit einem Leuchten in den Augen auf eine nostalgische Musikbox starrte.

»Das ist ja eine *Seeburg*«, flüsterte er andächtig.

Plötzlich ein Tusch. Wie auf Kommando hörte das Stimmengewirr auf, und alle drehten die Köpfe in dieselbe Richtung. Ich hörte eine angenehme männliche Stimme, die die Gäste im *Metropol* willkommen hieß und allen einen angenehmen Abend wünschte. »Und hier ist Johann!« Absolute Stille erfüllte den Raum.

»It's showtime, it's showtime, der Vorhang geht auf.« Wie auf Kommando begannen die Gäste zu klatschen. Eine imposante Dame auf hohen Pumps, im schwarzen Kleid und einem schwarzen Zylinder auf blonder Perücke, betrat singend den Raum und zog alle in ihren Bann.

»Der ist ja super«, flüsterte ich Knoll zu, der sich wieder zu mir gesellt hatte und mich ansah, als käme ich von einem fremden Stern.

»Bleib mal cremig, was ist mit dir denn los? Fehlt nur noch, dass du schunkelst.«

***

Mandy hockte laut weinend neben ihrer toten Schwester, die in Handschellen an der Heizung hing, und starrte auf das Blutbad, das Bode angerichtet hatte.

»Komm sofort hier raus«, brüllte Bode und zerrte an ihrem Arm.

Mandy wehrte sich heftig. Darauf war Bode wohl nicht eingestellt und es gelang ihr, ihn abzuschütteln. Sie griff nach Jennys lebloser Hand. »Du Schwein. Warum hast du das gemacht? Jenny hat dir doch gar nichts getan. Warum, warum?«, schrie sie immer wieder.

»Schnauze. Raus hier.« Brutal riss er sie jetzt hoch und schubste sie aus dem Badezimmer.

»Und nun?«, fragte Richy, der im Wohnzimmer auf der Couch saß und nicht fassen konnte, was Bode getan hatte.

»Was, und nun? Die Leiche muss weg.«

Das war zu viel, Mandy drehte durch. Sie trommelte auf Bodes Brust und kreischte: »Du Drecksack, packst du Jenny jetzt wie Anja in einen Müllsack und schmeißt sie weg?«

»Halt endlich die Klappe. Sag uns, wo die Unterlagen sind.«

»Damit du mich dann auch abknallst?«

Bevor Bode reagieren konnte, klingelte es Sturm an der Wohnungstür. »Aufmachen, Polizei!«

***

Im *Metropol* brannte die Hütte. Johann hatte das Kostüm gewechselt und wirbelte in einem kurzen grünen, tief dekolletierten Oberteil in schwarzer Strumpfhose und auf hohen Pumps durch den rappelvollen Laden. In der rechten Hand das Mikrofon, mit der linken rückte er dezent die verwegene Tina-Turner- Perücke zurecht. Er wirkte charmant, kokett und gleichzeitig verrucht. Der Typ hatte es drauf.

Immer wieder sah ich zur Tür. Wo blieben denn bloß die Kollegen? Werner zapfte stoisch Bier und schenkte Korn ein.

»Die Fischerin vom Nordseestrand, die hat den Aal schon in der Hand ...« Johann lief gerade zur Höchstform auf. Und während ich noch seine Beine betrachtete, um die ihn hier im Raum bestimmt eine Reihe von Frauen völlig zu Recht beneidete, klingelte mein Handy. Ein kurzer Blick aufs Display verriet mir, dass Marlene nach mir verlangte.

»Was ist los?«

»Wir haben eine Leiche ...« Der Rest ging in dem Lärm unter. Ich hatte plötzlich jegliches Interesse an Johanns etwas frivoler Darbietung verloren und eilte aufgeregt zum Ausgang, um Marlene besser zu verstehen.

»Was ist los? Eine Leiche? Dann kommst du nicht?«

»*Du* musst kommen. Du kennst die Beteiligten.«

»Ich?« Mir schwante urplötzlich Böses. »Doch nicht Mandy?« Ich sah Knoll, der mir gefolgt war, erschrocken an.

»Nein, ihre Schwester. Erschossen.«

»Und Mandy?« Mein Herz raste.

»Die ist auch hier. Allerdings in einem erbarmungswürdigen Zustand.«

Mir fiel ein Stein vom Herzen. Mandy war wieder aufgetaucht. Nachdem Marlene mir die Adresse genannt hatte, sprinteten wir zum Auto und rasten los.

***

Uns bot sich ein Horrorszenario. Ich sah Blut, viel Blut an Wänden und auf dem Fliesenboden. Mir drehte sich der Magen um.

»Ach du Scheiße«, hörte ich Knoll flüstern.

»Zwei Schüsse in den Oberkörper. Sie war mit Handschellen an der Heizung festgemacht.« Der junge Arzt ließ seine Tasche, die er auf einem Hocker abgestellt hatte, zuschnappen.

Ein etwas zu smarter Typ. Braungebrannt, im weißen Tommy Hilfiger -Shirt und weißen Marken-Jeans. Sogar die italienischen Mokassins trugen die bevorzugte Farbe. Fehlte nur der Tennisschläger unter dem Arm.

Bestürzt sah ich auf die erschossene junge Frau, die nun, nachdem man sie von den Fesseln befreit hatte, ausgestreckt auf dem Kachelboden lag und mit leeren Augen an die Decke starrte.

»Da seid ihr ja. Den Abend haben wir uns wohl alle anders vorgestellt«, Marlene betrat das Bad. »Der mutmaßliche Täter schweigt. Ein alter Bekannter von dir. Ein widerliches Ekelpaket. Sturzbetrunken.« Sie gab mir die Hand.

»Lass mich raten. Armin Bode?«

Marlene nickte vielsagend.

»War auch ein Richard Manske, genannt Richy dabei?«

»Ja, der hat gleich diesen Bode belastet. Er war zur Tatzeit angeblich nicht in der Wohnung, weil er Mandy, die Schwester der Toten abgeholt hat. Als die beiden zurückkamen, soll Jenny schon tot gewesen sein. Die junge Frau bestätigt, dass Bode ihr gegenüber die Tat zugegeben hat. Die Tote habe ihn unmaskiert gesehen, und da soll er durchgedreht sein. Bode schweigt uns gegenüber dazu. Kommst du?«

Ich war froh, dass ich den Ort des Grauens verlassen konnte. Was hatte Mandys Schwester mit Bode und Richy zu tun? Ich konnte mir darauf keinen Reim machen und war gespannt, was dahintersteckte.

Auf dem Flur erklärte mir Marlene, dass Hausbewohner, durch die Schüsse und Schreie aus der Wohnung aufgeschreckt, die Kollegen angerufen hätten. Da sich das Kommissariat in der Hinrich-Schmalfeldt-Straße direkt um die Ecke befand, waren sie schnell vor Ort und konnten Bode und Richy überwältigen.

»Und Mandy?«

»Die wurde von Bode schlimm zugerichtet. Er hat sie verprügelt und in einem Kellerverlies gefangengehalten. Vermutlich wurde sie vergewaltigt. Sie kann sich an nichts erinnern, nur, dass sie mit fünf Männern in dem Raum war. Man hat ihr Cola zu trinken gegeben, seitdem hat sie einen Filmriss.«

»K.-o.-Tropfen?«, mutmaßte ich.

»Sieht ganz so aus. Der Doc hat schon eine Blut- und Urinprobe genommen. Vielleicht kann man noch was nachweisen.«

»Hoffentlich.« Ich hatte da so meine Bedenken. Bei meiner letzten Fortbildung war dieses Thema ausgiebig besprochen worden. Häufig handelte es sich bei den K.-o.-Tropfen um irgendeine Buttersäure, die genaue chemische Bezeichnung hatte ich natürlich längst vergessen, nicht jedoch, dass sie nur wenige Stunden im menschlichen Körper nachzuweisen war.

Mich erschreckte, dass man sie, in Flüssigkeit getropft, nicht sehen, nicht riechen und nicht schmecken konnte. Und natürlich die Wirkung: Sie machten gefügig und hilflos, verursachten Kontroll- und Realitätsverlust und löschten für Stunden komplett die Erinnerung aus.

»Wenn sie sich etwas erholt hat, sollten wir sie noch zur gynäkologischen Untersuchung ins St. Joseph-Hospital bringen.«

»Was erzählt sie sonst?«

»Sie spricht zusammenhanglos von Unterlagen, hinter denen die beiden her sind. Und von einer toten Anja. Ich vermute, dabei handelt es sich um eure aktuelle Leiche?«

Ich nickte. Jetzt wurde mir langsam klar, warum Bode und Richy in dieser Wohnung waren. Wahrscheinlich hatte Mandy die Sachen hier versteckt.

»Wo ist sie?«

»Im Schlafzimmer. Eine Kollegin ist bei ihr. Krieg keinen Schreck, Bode und Richy haben hier regelrecht gewütet. Wie es scheint, haben sie das Gesuchte aber nicht gefunden.«

»Sind die beiden noch hier?«

Marlene schüttelte den Kopf. »Die sind schon auf der Dienststelle im Stadthaus 6.«

Als ich gemeinsam mit Marlene das Schlafzimmer betrat, traf mich der Schlag. Die beiden hatten hier aber auch alles auseinandergenommen. Ich dachte sofort an das verwüstete WG-Zimmer von Mandy.

Mandy lag apathisch im Bett, auf einer aufgeschlitzten Matratze und starrte an die Zimmerdecke. Die uniformierte Kollegin stand auf und machte mir Platz. Ich setzte mich auf die Matratze und nahm behutsam Mandys Hand. Sie wandte mir langsam ihr Gesicht zu und ich erschrak. Die Lippen aufgeschlagen, ein Auge zugeschwollen, blaue Flecken an Unter- und Oberarmen, die Strümpfe zerrissen. Sie war in einem erbärmlichen Zustand.

»Mein Gott, was hat man denn mit Ihnen gemacht?«, entfuhr es mir.

»Das war Bode mit seinen miesen Kerlen. Ich habe das schon Ihrer Kollegin erzählt«, flüsterte sie heiser. »Bode hat meine Schwester erschossen.« Ihr Körper wurde von einem Weinkrampf geschüttelt. »Einfach so erschossen. Das ist ja Horror«, schluchzte sie. »Jenny hat ihm doch gar nichts getan. Die gottverdammten Schweine haben Anjas Unterlagen gesucht. Hätte ich ihnen nur gesagt, wo ich sie hier in der Wohnung versteckt habe, dann würde Jenny noch leben.«

»Quatsch«, sagte Marlene. »Er hat geschossen, weil Ihre Schwester ihn unmaskiert gesehen hat. Sie trifft überhaupt keine Schuld.«

»Ich hätte die Unterlagen hier gar nicht verstecken dürfen.«

»Was sind das für Unterlagen?«, wollte ich wissen und strich ihr sanft über die Wange.

»Anja hat mir kurz vor ihrem Tod einen Umschlag gegeben, den ich nicht öffnen durfte und den ich, falls ihr etwas passiert, zur Polizei bringen sollte.«

»Und warum haben Sie es nicht getan?«

Stockend und immer wieder durch Tränenausbrüche unterbrochen, erzählte sie mir die Geschichte, wie sie vergeblich versucht hatte, sich mit den Unterlagen freizukaufen, wie sie Richy niedergeschlagen hatte und dann aus Furcht, sie könnte ihn getötet haben, nach Bremerhaven zu ihrer Schwester geflohen war.

»Wo ist der Umschlag? Sie müssen ihn gut versteckt haben, wenn Bode ihn nicht gefunden hat.«

»Im Wohnzimmer. Im Boden unter dem Fenster sind zwei Holzbohlen locker, das habe ich zufällig bemerkt, weil ich da meinen Kaffee verschüttet habe, darunter habe ich den Umschlag versteckt.«

Ich blickte Marlene an, die mich ohne Worte verstand und das Schlafzimmer verließ, um die Unterlagen zu suchen.

»Dann hat Bode bestimmt auch Anja auf dem Gewissen. Oder?«

»Wir werden es herausfinden.«

Die Tür ging auf und der Arzt schaute herein. »Ich bin hier soweit fertig. Die Leiche wird gleich abgeholt.«

Mandy schluchzte auf.

Ich begleitete den Arzt auf den Flur. »Wo wird sie hingebracht?«

»Wir haben hier auf dem Gelände des Leher Friedhofs in der Spadener Straße gesicherte Räumlichkeiten, dort wird sie obduziert und dort verbleibt sie bis zur Freigabe durch die Staatsanwaltschaft.«

»Nehmen Sie die Obduktion vor?«

Er schüttelte den Kopf. »Wir haben hier keine eigene Gerichtsmedizin. Bremerhaven arbeitet mit dem Institut für Rechtsmedizin der Uni Hamburg-Eppendorf zusammen. Zwei Fachärzte werden von dort kommen, um im Sektionssaal in der Spadener Straße die Leichenschau vorzunehmen.« Er gab mir zum Abschied die Hand und eilte wie auf der Flucht ins Treppenhaus.

»Was ist mit der Urin- und Blutprobe?«, rief ich ihm nach.

»Bringe ich gleich ins Krankenhaus, Sie bekommen Bescheid«, rief er zurück und sprang die Treppe hinunter. Der hatte es aber verdammt eilig. »Schönen Feierabend«, murmelte ich hinter ihm her und ging zurück ins Schlafzimmer.

***

Dass der gestrige Abend so enden würde, hatte keiner von uns voraussehen können. Ich hatte eine lange Nacht hinter mir. Nach nur zwei Stunden Schlaf saß ich müde und gerädert an meinem Schreibtisch. Mir ging das Bild der getöteten Jenny nicht aus dem Kopf.

Die Vernehmung von Bode war in der gestrigen Nacht auf dem Polizeirevier in Bremerhaven ergebnislos verlaufen. Er hatte geschwiegen. Richy hingegen hatte Bode in allen Punkten belastet. Er hatte gestanden, dass Mandy durch K.-o.-Tropfen gefügig gemacht worden war und die fünf Männer sich vor laufender Kamera an ihr vergangen hatten.

Seine Schilderung war so ungeheuerlich, dass Bode froh sein konnte, dass er hinter Gittern saß. Wir hatten von Richy erfahren, wo sich das Kellerloch befand, und nach Richys Personenbeschreibung von diesem Kralle, wussten die Bremerhavener Kollegen, um wen es sich handelte. Ein Zuhälter der übelsten Sorte, an dem sie schon lange und bisher erfolglos dran waren.

Noch in der Nacht hatten wir Mandy mit nach Bremen genommen. Ich hatte dafür gesorgt, dass sie nach der Vernehmung unter psychologische Betreuung gestellt wurde. Die Lage war klar. Bode hatte Jenny erschossen. Schmauchspuren an seinen Händen würden ihn, sollten die Aussagen von Richy und Mandy der Wahrheit entsprechen, und daran bestand für mich kein Zweifel, mit hundertprozentiger Sicherheit eindeutig als Täter entlarven. Da konnte er schweigen, solange er wollte.

Ich war gespannt, was sich in dem Umschlag von Anja befand. Kathenkamp hatte sich in der Nacht die so begehrten Unterlagen unter den Nagel gerissen und war noch während der Anhörung von Mandy damit in seinem Büro verschwunden. Als wir mit Mandy fertig waren und ich mir zu Gemüte führen wollte, was Anja zusammengetragen hatte, stand ich vor Kathenkamps verschlossener Bürotür. Er war, ohne sich von uns zu verabschieden, bereits nach Hause gefahren. Einmal mehr wurde mir klar, dass sich unser Chef immer merkwürdiger verhielt. Daran, dass er ein Geheimniskrämer sein konnte, hatte ich mich längst gewöhnt, aber dass er es nicht für nötig hielt, mich über den Inhalt des Umschlags zu informieren, das brachte mich zur Weißglut. Ich ärgerte mich, dass ich ihn nicht sofort geöffnet hatte. Aber Mandy war mir gestern wichtiger gewesen.

Es klopfte an der Tür und zeitgleich wurde sie aufgestoßen. Metzger stand in geballter Körperfülle vor mir. Er erinnerte mich wegen seiner gedrungenen Gestalt einmal mehr an den Saarbrückener Ex-Tatortkommissar Palü. Nur auf einem Fahrrad konnte ich ihn mir so gar nicht vorstellen.

»Moin Mona, das hier«, er fuchtelte mit einem Schnellhefter durch die Luft. »Das hier musste ich dir unbedingt persönlich bringen, denn deinen Gesichtsausdruck möchte ich auf keinen Fall verpassen.«

Überrascht sah ich ihn an. »Moin Doc. Na, da muss ja was ganz besonders Spannendes drin sein.« Ich streckte die Hand aus, um die Mappe in Empfang zu nehmen.

»Kann man so sagen. Du wirst dich wundern.« Er pellte sich hektisch aus seinem Mantel und schmiss ihn schwungvoll auf den nächstbesten Stuhl. Breit grinsend überreichte er mir die Unterlagen.

»Kaffee?« Mein Blick fiel auf sein offenes Hemd, aus dem braun-graues Brusthaar quoll. Der Mann war behaart wie ein Affe. Der Gedanke, dass sein Rücken meiner Fußmatte ähneln könnte, drängte sich auf und erzeugte entsprechende Übelkeit.

»Gerne, aber erst lies mal.« Ungeduldig wippte er auf Zehenspitzen.

Na, der machte es ja spannend. Ich öffnete den Schnellhefter und überflog rasch seinen Bericht. Mir blieb vor Überraschung die Luft weg. »Bode?« Ich schaute ihn ungläubig an.

Metzger nickte eifrig. »Hättest du nicht gedacht, was?«

»Ich fass es nicht ... Bode ist der Vater von Anjas Baby?« Ob Richy das wusste? »Dann stammt das Sperma auch von ihm, und er war der Letzte, der mit Anja Geschlechtsverkehr hatte.« Mein Herz klopfte schneller. Bode also! Genugtuung machte sich in mir breit.

Die Tür öffnete sich, und Knoll betrat das Büro. »Wie siehst du denn aus? Ist dir gerade ein Geist erschienen, oder hat dir unser Leichenfledderer einen Heiratsantrag gemacht?«

»Urkomisch. Stell dir vor, Bode ist der Vater von Anjas Baby, und es ist sein Sperma, das wir an der Toten gefunden haben. Hab ich doch gewusst, dass der seine Finger im Spiel hat.« Triumphierend sah ich von Knoll zu Metzger und wieder zurück.

»Bode? Dann hat er Anja vergewaltigt und ermordet«, mutmaßte mein Kollege. »Kompliment Mona, du hattest den richtigen Riecher.«

»Nicht so eilig, ihr beiden. Der Mörder muss er nicht zwangsläufig sein ...« Metzger sah uns bedauernd an und machte eine Kunstpause.

»Warum nicht?«, fragten Knoll und ich wie aus einem Mund.

»Die Hautpartikel unter den Fingernägeln der Toten stammen weder von Richy, noch von Bode.«

»So eine verdammte Scheiße«, entfuhr es mir. Wütend und enttäuscht zugleich schlug ich mit der flachen Hand auf den Schreibtisch. Das wäre ja auch zu schön gewesen, wenn die gepasst hätten.

»Tja, sie stammen nicht aus dem Kreis der bisher Verdächtigen. Es muss sich um jemanden handeln, den ihr noch nicht auf eurer Liste habt. Wir sind mit allen Vergleichsproben durch.«

Enttäuscht sah ich Metzger an. »Und da gibt es keinen Irrtum?«

Metzger schüttelte bedauernd den Kopf. »Ich hätte dir gern etwas anderes mitgeteilt. Aber das Ergebnis ist eindeutig.«

»Kann es nicht sein, dass die Hautpartikel schon vorher unter Anjas Nägel geraten sind?«, fragte ich mit einem letzten Hoffnungsschimmer.

»Sorry. Das Ergebnis ist eindeutig.«

***

Meine Laune war auf dem Nullpunkt. Ich zermarterte mir das Gehirn. Was, bzw. wen hatten wir übersehen? Ich stellte mir das Vergewaltigungsszenario vor. Vielleicht hatte jemand Anja festgehalten, während Bode sie vergewaltigt hatte? Aber wer? Einer der beiden Gorillas, die Mandy immer in das Sex-Studio gebracht hatten? Um wen es sich bei den beiden handelte, wussten wir noch nicht. Bode schwieg wie ein Grab, und Richy schien wirklich nichts über die Burschen zu wissen. Oder dieser Kralle? Ich wartete ungeduldig auf das Ergebnis der Speichelprobe.

Wo blieb denn nur Kathenkamp? Solange konnte es doch nicht dauern, den Inhalt des Umschlags zu sichten. Ich war versucht, ihn anzurufen.

»Hallo Mona.« Anke Hoppensack betrat mein Büro. Sie trug einen eleganten Hosenanzug und sah, obwohl sie sich gemeinsam mit mir die Nacht um die Ohren geschlagen hatte, beneidenswert frisch aus. Sie ist auch schlappe zwanzig Jahre jünger, beruhigte ich mich. Damals sah man mir selbst eine durchzechte Nacht nicht an.

»Ist was passiert? Du siehst nicht gut aus.«

»Danke«, gab ich trocken zurück. Wie sollte ich nach Metzgers Bericht wohl aussehen? Zufrieden mit Sicherheit nicht. Ich erzählte ihr von seinem Besuch. Danach war sie genauso ratlos wie ich.

»Ich bin äußerst gespannt, was Anja Finke so Geheimnisvolles in dem besagten Umschlag versteckt hat. Wenn Bode und Richy so viel riskiert haben, um da ranzukommen, muss es sich um äußerst heißes und brisantes Material handeln. Konnte Mandy nicht mehr dazu sagen?«

Ich schüttelte den Kopf. »Mandy spricht immer von einem Boss, für den die beiden arbeiten. Und Anja hat ihr nicht verraten, was sich in dem Umschlag befindet. Mandy vermutet, dass der Inhalt diesen ominösen Boss belasten könnte. Das würde ja auch das Interesse an diesem Umschlag erklären.«

»Aber wer ist dieser Boss? Bode schweigt wie ein Grab. Vielleicht wissen wir gleich mehr, wenn Kathenkamp endlich mit dem Inhalt des Umschlags rausrückt. Er könnte nun wirklich langsam eintrudeln.«

Ich hatte die Faxen dicke. Bei seinen Mitarbeitern legte er doch immer so viel Wert auf Pünktlichkeit und jetzt ließ er uns hier schmoren.

»Moin. Ihr seid schon da?« Conny stürmte das Büro und sah uns erstaunt an. »Ist was?« Sie schmiss einen schwarzen Rucksack, den unzählige kleine weiße Totenköpfe zierten, auf einen Stuhl.

»Ist dir Didi über den Weg gelaufen?«, wollte ich wissen.

»Nee. Aber ihr seht aus als könntet ihr einen Kaffee vertragen.« Sie marschierte zur Kaffeemaschine und machte sich ans Werk.

Mir entging nicht, wie Anke Hoppensack amüsiert Connys Aufzug musterte, der heute relativ zahm, aus einem wild gemusterten, kleidähnlichen Oberteil über einer hautengen, schwarzen Lederhose bestand, das mich an die Stubentapete meiner Mutter in den siebziger Jahren erinnerte. Unsere Blicke trafen sich, und wir grinsten uns in stiller Übereinstimmung an. Ich stellte immer wieder fest, dass Anke Hoppensack gar nicht so spießig war, wie ich anfangs geglaubt hatte.

»Und? Wie war es in Fishtown bei der Kollegin? Was vom Rotlichtviertel gesehen?« Conny stellte meine Kaffeetasse auf den Schreibtisch und sah mich neugierig an.

»Bode hat gestern Abend Mandys Schwester in deren Wohnung erschossen.«

Conny starrte mich überrascht an. »Hammerhart. Habt ihr ihn?«

Ich nickte.

»Und Mandy? Ist sie okay? Erzähl schon, warum hat der ihre Schwester erschossen?« Sie schien gespannt wie ein Flitzebogen.

* * *

Dieter Kathenkamp saß regungslos an seinem Schreibtisch und starrte auf die Unterlagen, die ihn nicht zur Ruhe kommen ließen. Seine Hand ruhte auf einer CD, die sich in dem Umschlag befunden hatte, den Mandy am Abend zuvor den Kollegen übergeben hatte. Kopflos, eine Eigenschaft, die so gar nicht zu ihm passte, hatte er nachts fluchtartig das Präsidium verlassen, weil er sich nicht in der Lage gefühlt hatte, professionell mit seinen Mitarbeitern über das weitere Vorgehen zu diskutieren.

Was sollte, was konnte er nur tun? Er sah schon die Schlagzeilen der Zeitungen. Kurzfristig überlegte er, die CD zurückzuhalten, verwarf diesen Gedanken aber gleich wieder. Das war seiner nicht würdig. Dann sollte es eben ans Tageslicht kommen, mit allen Konsequenzen. Ihm wurde abwechselnd heiß und kalt. Sein Seidenschlips drohte, ihn zu ersticken, er lockerte ihn. Nervös stand er auf und stellte sich ans Fenster. Seine Hände spielten unruhig in den Hosentaschen.

Das schrille Klingeln des Telefons ließ ihn aufschrecken. Langsam ging er zurück zum Schreibtisch und nahm mechanisch den Hörer ab.

»Ich komme gleich, Frau Butenschön.«

Hastig raffte er Papiere und CD zusammen und eilte hektisch aus seinem Büro.

***

»Er kommt.« Ich hatte nicht mehr den Nerv gehabt, noch weiter auf unseren Häuptling zu warten, der sich ja nun wirklich genug Zeit gelassen hatte. Wider Erwarten hatte seine Stimme am anderen Ende der Leitung äußerst zahm geklungen. Ich hatte eher mit einem Anschiss gerechnet.

»Wurde auch Zeit.« Knoll, der zwischenzeitlich eingetrudelt war, trank einen Schluck Kaffee und beobachtete über den Rand seiner Tasse Anke, die mit dem Handy am Ohr ihre Mailbox abhörte.

»Entschuldigen Sie bitte die Verspätung.« Didi betrat das Büro, den Umschlag wie einen Schutzschild fest an die Brust geklemmt.

Nanu, unser Chef entschuldigte sich? Er sah blass und übernächtigt aus. Und nur im Oberhemd und den Schlips auf halb sieben? Ich konnte mich nicht erinnern, ihn jemals ohne Blazer gesehen zu haben. Was hatte das zu bedeuten? Musste ich mir Sorgen machen?

Den Kollegen schien sein ungewöhnlicher Aufzug auch die Sprache zu verschlagen. Wir blickten ihn erwartungsvoll an.

Er räusperte sich, setzte umständlich eine randlose Lesebrille auf die Nase und setzte sich an unseren Besprechungstisch. »Ich möchte mit einer Aufzeichnung von Anja Finke anfangen, die sie noch am Abend vor ihrem Tod geschrieben hat.« Er begann mit brüchiger Stimme vom Blatt zu lesen:

Für die Polizei, falls mir etwas passieren sollte.

Seit Monaten werde ich von unserem Hausmeister Armin Bode zum Anschaffen gezwungen. Immer wieder lässt er mich in ein Studio im Ostertorviertel bringen, wo ich mit den verschiedensten Männern schlafen muss. Das ist ein ganz exklusiver Schuppen. Das fängt schon bei den Dessous an, die ich tragen muss. Nur das Feinste vom Feinsten. Und die Kunden sind bestimmt alle ganz reich. Eigentlich ist das Arbeiten da ganz angenehm. Dort kom-

men keine Prolls, die mich wie Dreck behandeln. Nur leider streicht Bode das meiste Geld ein. Ich bekomme nur einen Bruchteil von ihm. Wenn ich nicht spure, vergewaltigt und schlägt er mich und droht mir, Heinzelmann zu verraten, dass ich anschaffe. Dann kann ich meine Ausbildung knicken und ich komme nie aus diesem Sumpf raus.

»Passt doch alles zusammen«, warf ich ein und tippte auf den Bericht von Metzger.

Didi hob fragend die Augenbauen.

»Es ist Bodes Sperma.«

»Gleich, Frau Butenschön. Bringen wir erst das hier hinter uns.«

Dorthin kommt extra wegen mir ein Mann, den sie den Onkel nennen. Ich muss mit ihm Kindergeburtstag oder Doktor spielen. Mich stecken sie in alberne Kinderkleidchen, und dieser alte Knacker trägt einen Matrosenanzug. Danach muss ich an ihm rummachen, bis er kommt.

»Wer ist denn so pervers?«, unterbrach Conny ihn und schüttelte verständnislos den Kopf. »Doktorspiele, das macht man als Kleinkind.«

Ach Kindchen, dachte ich, es gibt so viele Formen der Perversität.

Ich kenne aus meiner Drogenzeit den Straßenstrich, und wenn ich das vergleiche, dann ist der Onkel megaharmlos. Aber nun wollen sie meine beste Freundin Mandy auch zum Anschaffen zwingen, und für die ist das nichts. Die geht dabei kaputt. Ich habe Bode angebettelt, sie da rauszulassen, aber der will das nicht. Armin Bode ist ein gemeines Schwein, der geht über Leichen. Vor dem hab ich richtig Schiss. Der Onkel ist ein ganz hohes Tier, hat Armin zu Richy gesagt, wenn er will, kann er den ausnehmen wie eine Weihnachtsgans.

Didi zog ein blütenweißes Taschentuch aus der Hose und wischte sich den Schweiß von der Stirn. Sah ganz nach starken Kreislaufproblemen aus.

»Möchten Sie ein Glas Wasser, Chef?« Ich war schon auf dem Sprung.

»Oh ja, bitte.«

Conny war schneller als ich und goss ihm aus einer Flasche, die auf Knolls Schreibtisch stand, Mineralwasser ein. Ich wusste, dass mein Kollege immer direkt aus der Flasche trank, sagte aber nichts. Was soll's, er litt bestimmt nicht an der Schweinegrippe.

Didi nahm dankbar einen großen Schluck und las mit leiser Stimme weiter:

Gestern habe ich ihn zufällig am Hauptbahnhof gesehen und bin ihm gefolgt. Er hat sich dort im Schnell-Café mit einer Frau getroffen, die mordsmäßig auf ihn eingelabert hat. Ich habe mich frech an den Nebentisch gesetzt und die beiden beobachtet. Als die Frau sich von ihm verabschiedet hat, sah er zufällig zu mir herüber. Der hat sich so was von erschrocken. Sah aus, als hätte er eine Erscheinung. Daraufhin hat er einen Geldschein auf den Tisch gelegt und fluchtartig das Café verlassen. Ich wollte mir die vergessenen Kippen von seinem Tisch schnorren und sah, dass er eine CD auf dem Stuhl liegen gelassen hatte. Die schnappte ich mir und bin nach Hause gefahren, um mal zu sehen, was da so drauf war.

Neugierig starrte ich auf die CD, die Didi auf den Tisch gelegt hatte. Die musste der Schlüssel sein, dachte ich und war auf den Inhalt mindestens genauso gespannt, wie Anja es gewesen war.

»Ist das die CD?«, fragte Conny neugierig und erntete von Didi einen unwilligen Blick. Sie wusste noch nicht, dass unser Häuptling Zwischenrufe dieser Art hasste.

Das mit der CD war ein großer Fehler. Ich war kaum zu Hause, da rief mich Armin Bode an und meinte, ich hätte etwas gestohlen, das ich sofort zurückbringen sollte. Seine Stimme klang drohend und ich bekam einen großen Schreck. Ich stritt alles ab. Er glaubte mir nicht und befahl mir, sofort mit der CD bei ihm anzutanzen, sonst würde es Schläge setzen. Woher wusste er davon? Ich habe lange überlegt, was ich tun soll, jetzt habe ich einen Entschluss gefasst. Auf der CD befanden sich nur Zahlen und Tabellen, mit denen ich nichts anfangen kann. Aber sie scheint ja für den Onkel total wichtig zu sein. Ich werde sie also zusammen mit diesen Zeilen bei Mandy im Keller verstecken, da wird sie sicher keiner suchen. Dann fahre ich zu Bode und werde ihm ein Geschäft vorschlagen. Er bekommt die CD, wenn er Mandy in Zukunft in Ruhe lässt und sie nicht auf die Straße oder in den Puff zu Linda schickt. Hoffentlich geht das gut. Ich habe eine Scheißangst. Mit Armin ist nicht zu spaßen. Aber solange ich ihm die CD nicht gebe, wird er mir nichts tun. Was ich hier aufgeschrieben habe, ist die volle Wahrheit.

Anja Finke

»Dann könnte dieser Onkel eventuell auch der Mörder sein. Schließlich hat Anja ihn erkannt und hat ihm brisante Unterlagen geklaut.«

»Klar, aber wir wissen noch immer nicht, wer dieser Onkel ist«, stellte Anke Hoppensack richtig fest.

Didi standen erneut dicke Schweißperlen auf der Stirn. Der sah ja aus, als würde es ihm gleich an den Kragen gehen.

»Ich kann Ihnen sagen, wer der Onkel ist. Frau Butenschön, würden Sie bitte die CD in Ihren Rechner legen.«

Der macht es aber spannend, dachte ich und folgte seiner Bitte.

Wie gebannt starrten wir auf den Monitor. Didi saß leichenblass am Tisch und schwieg. Die Datei schien sehr umfangreich zu sein, sie öffnete sich nur langsam und stellte unsere Geduld auf eine harte Probe.

Fahrig strich sich Didi über die Stirn. »Ich habe mir die CD bereits heute Nacht zu Gemüte geführt, und was ich da gelesen habe, ist Sprengstoff.«

Wir sahen ihn überrascht an.

»Schauen Sie ...« Er zeigte auf den Bildschirm, und ich stellte fest, dass seine Hand leicht zitterte.

Ich sah bis jetzt nur Zahlenkolonnen, die für mich böhmische Dörfer darstellten.

»Eine Riesensauerei.« Didi pumpte sich förmlich auf. »Der hintergeht uns seit Jahren und keiner hat's gemerkt.«

»Uns? Ich verstehe nicht«, wagte ich einzuwerfen und legte meine Stirn in Falten. Worüber regte er sich eigentlich so auf? Was hatte er damit zu tun?

»Das sind Zahlen, die das Vereinsvermögen betreffen. Der Kerl hat im Laufe der Jahre schätzungsweise eine Million veruntreut. Und wie ein ordentlicher Kaufmann, hat er für seine eigene Buchhaltung jeden einzelnen Vorgang bis auf die letzte Zahl hinter dem Komma notiert.« Didi fiel wie ein nasser Sack zusammen.

Anke Hoppensack blickte schneller durch als der Rest unserer Truppe. »Es handelt sich um den Verein Pro Zukunft?«

Didi nickte betreten. »Und ich sitze im Vorstand ...«

»Der Hammer«, entfuhr es Conny.

Am liebsten hätte ich ihn jetzt gefragt, warum er uns das die ganze Zeit verschwiegen hatte. Kein guter Zeitpunkt, sagte ich mir.

»Das ist noch nicht alles, Chef.« Ich reichte ihm die Bilder, die wir in Bodes Wohnung sichergestellt hatten und die Voss in eindeutiger Situation zeigten.

Er starrte fassungslos auf die Fotos. »Sorgen Sie dafür, dass er mir umgehend vorgeführt wird. Den nehme ich mir selbst vor. Wir sehen uns später.« Abrupt stand er auf und verließ aufgebracht den Raum.

Konnte es tatsächlich sein, dass Voss mit Bode gemeinsame Sache machte?

War er der Mörder? Waren es seine Hautpartikel unter Anjas Fingernägeln? Jetzt hatten wir einen neuen Verdächtigen.

***

Voss fluchte. Bode war immer noch nicht aufgetaucht. Verdammt noch mal, wo war der nur? War da was schiefgelaufen? Wollte der ihn auf die Folter spannen?

Oder womöglich mit den Unterlagen erpressen? Nein, das würde der sich nicht trauen.

Hoffentlich hatte er sich nicht erwischen lassen, dann war er geliefert.

Unruhig lief er in seinem Büro hin und her. Er schwitzte. Unter den Achseln zeichneten sich bereits große nasse Flecken auf dem Hemdenstoff ab. Er musste endlich mit dem Saufen aufhören. Aber bei dem momentanen Stress war das kaum möglich.

Er wählte hektisch Bodes Handynummer. Immer noch abgestellt. Er kippte zur Beruhigung einen weiteren Cognac hinunter. Der hatte doch wohl nicht die Frechheit besessen und sich die CD angeschaut? Und wenn, beruhigte er sich, war er doch viel zu blöd, um den Inhalt zu begreifen. Aber er hatte einen Fehler gemacht, er hatte ihm zu sehr gezeigt, wie wichtig ihm die CD war. Bode war unberechenbar, das machte ihn gefährlich. Und dann die Sache mit Anja ...

Er schrak aus seinen Gedanken auf, als sich die Tür öffnete und seine Sekretärin hereinstürzte.

»Herr Voss, unten sind zwei Polizeibeamte, die wollen zu Ihnen und lassen sich nicht abwimmeln.«

***

»Nehmen wir uns jetzt Bode vor?« Conny konnte es gar nicht erwarten.

»Ja. Wir fahren gleich nach Bremerhaven.«

»Bremerhaven? Warum habt ihr den nicht gleich mitgebracht?«

»Denk mal nach. Der Mord an Jenny ist in Bremerhaven passiert. Und Jenny ist in Bremerhaven gemeldet. Also sind die Kollegen vor Ort zuständig.«

»Stimmt, da habe ich nicht dran gedacht«, räumte sie ein.

Ich telefonierte mit Marlene und kündigte unseren Besuch an. Wir vereinbarten, uns in ihrer Dienststelle zu treffen und dann gemeinsam in die JVA zu fahren. Schnell teilte sie mir noch mit, dass sie in der Wohnung von Uwe Marx, alias Kralle, den Film sicherstellen konnten, den die sauberen Herren mit Mandy gedreht hatten. Einen besseren Beweis gab es gar nicht.

»Du machst dir kein Bild davon, was diese Schweine mit Mandy gemacht haben«, sagte Marlene mit einer Stimme, aus der ihr ganzer Ekel sprach. »Einfach nur zum Kotzen.«

»Können wir uns den Film ansehen, ist er bei dir?«

»Das wollte ich dir gerade vorschlagen. Schau ihn dir vor der Vernehmung an, dann bist du so richtig in Stimmung und wirst es nicht erwarten können, Bode zwischen die Finger zu kriegen.«

»Okay. Wenn man dich hört, muss das starker Tobak sein. Habt ihr diesen Kralle?«

»Ja. Die Kollegen von der Sitte haben den schon lange auf dem Kiek. Bisher konnten wir ihm keine Zwangsprostitution nachweisen. Die Mädels sagen ja nichts. Aber jetzt hat er sich selber ins Knie geschossen. Aus dieser Nummer kommt er nicht mehr raus.«

***

Es war Ewigkeiten her, dass ich im Stadthaus 6 zu Besuch war, in dem sich die Ortspolizeibehörde Bremerhaven befand und Marlene im K3 ihren Dienst verrichtete. Im Eingangsbereich hatte sich viel getan. Ich staunte nicht schlecht und war gespannt, ob die Dienstzimmer und Toiletten, die ich in schlimmer Erinnerung hatte, inzwischen auch renoviert waren.

Wir stiegen die Treppe hoch und ich dachte, mich trifft der Schlag. War das möglich? Mein Herz schlug ein paar Takte schneller. Der schöne Rainer. Was machte der denn hier? Er schloss die Tür mit dem Schild »Kriminalpolizeiliche Beratungsstelle« hinter sich und eilte dynamisch Richtung Glaskasten der Wache. Grau war er geworden, aber immer noch attraktiv, das musste man ihm lassen. Wir hatten während unserer Ausbildung mal eine schöne Zeit. Bis er in jedes Arschloch kroch, was seiner Karriere nutzen konnte. Inzwischen hatte er sich bis ins Innenministerium hochgeschleimt. Ob er mich wohl erkennt?, fragte ich mich gerade, da bremste er auch schon ab.

»Ich fass es nicht ... Mona. Was machst du denn hier. Ich denke, du bist immer noch in Bremen auf Mörderjagd.« Mit einem umwerfenden Lächeln, die Zähne neu, schneeweiß und garantiert sauteuer, eilte er dann auf mich zu.

»Stimmt. Und ich fühle mich dort äußerst wohl«, antwortete ich und versuchte chancenlos, mich seiner Umarmung zu entziehen. »Was machst du hier?«

Er seufzte theatralisch. »Demnächst ist doch hier in Bremerhaven die Innenministerkonferenz. Ich sondiere die Lage. Ich würde mich ja zu gern mit dir treffen, aber heute Abend ist ein Dienstessen mit dem Oberbürgermeister angesagt, das kann ich unmöglich absagen. Tut mir leid.«

»Wie schön für dich.« Ich ärgerte mich, dass er ganz selbstverständlich davon ausging, dass ich mich mit ihm treffen würde. »Geht's sonst gut?«

»Ich kann nicht besser klagen.«

»Und privat? Verheiratet?« Ich hatte längst den Ehering entdeckt. Dafür habe ich ein Auge.

»Ja. Und du?« Er musterte mich einen Tick zu interessiert.

»Nicht mehr«, grinste ich.

»Wieder liiert oder lebst du allein?«

»Beides«, sagte ich einsilbig. »Warum?«

»Interessiert mich halt. Wollen wir uns nicht mal treffen, wenn ich wieder in Bremen bin? Ich ruf dich an.« Er zwinkerte mir vertraulich zu.

»Mal sehen ...« Was sollte das denn?

»Wir hatten doch eine schöne Zeit«, flüsterte er mir ins Ohr.

Das ging nun aber zu weit. »Tschüss Rainer, wir müssen los.« Ich reichte ihm die Hand und kam um eine erneute Umarmung nicht herum. Ich spürte verwundert, dass mir das gar nicht so unangenehm war.

»Wer war das denn?«, wollte Conny neugierig wissen.

»Alter Bekannter.«

»Ach komm, da war doch mehr. Wie ihr euch angeschaut habt ...«

»Quatsch.«

»Muss dir doch nicht peinlich sein. Ist doch ein ganz ansehnlicher Typ.«

»Ja. Und sehr von sich eingenommen, so was kann ich nun gar nicht ab.«

»Wetten, dass du dich mit ihm verabredest, wenn er anruft?« Conny konnte es nicht lassen.

»Garantiert nicht.«

***

Nachdem Marlene den DVD-Player ausgeschaltet hatte, konnte man eine Stecknadel fallen hören. Stumm und fassungslos sahen wir uns an. Wie die Tiere waren die Kerle brutal und gewaltsam über Mandy hergefallen.

»Was die mit diesem Film vorhatten, ist ja wohl klar. Ich habe schon viel gesehen, aber das hier übertrifft alles.« Marlene stand am Fenster und starrte hinaus.

»Ich mag mir gar nicht vorstellen, wie Mandys Zukunft ausgesehen hätte, wenn sie in diesem Kellerloch geblieben wäre.« Ich sah Markus Gerdes, unseren Kollegen von der Sitte, fragend an.

»Mitten im Leher Wohngebiet gibt es inzwischen getarnte Bordelle, gegen die wir kaum etwas unternehmen können. Die Betreiber sind rechtlich gesehen Vermieter und die Frauen Untermieterinnen. Hier gibt es viele leerstehende Häuser, die von den Zuhältern aufgekauft werden. Dieser Kralle ist im Rotlichtviertel keine unbedeutende Nummer. Wenn Bode Mandy an ihn verkauft hätte, wäre sie unweigerlich in einem dieser Häuser verschwunden.«

»Krass«, warf Conny ein. «Und dagegen kann man nichts machen?«

»Langsam tut sich was. Es gibt eine neue Rechtsprechung des Bundesverwaltungsgerichts. In Zukunft werden danach im Land Bremen Bordelle als Gewerbebetriebe eingestuft und die Betreiber sind verpflichtet, ihr Gewerbe anzumelden. Dann haben wir mehr Möglichkeiten, diese Etablissements zu kontrollieren.«

»Ich hab gehört, dass in der Hafenstraße ein Haus zu diesem Zweck gekauft worden ist«, ereiferte sich Marlene. »Den Ladenbesitzern wurde gekündigt und die Wohnungen darüber zu 26 Einzelappartements umgebaut. Die ersten Damen sollen schon eingezogen sein.«

»Ganz so klar ist das noch nicht«, sagte Markus. »Aber es hat sich schon massiver Widerstand aus den Reihen der Bewohner und Geschäftsleute in Lehe gebildet. Jetzt muss die Politik tätig werden. Viel mehr Sorgen machen uns die illegalen Bordelle. Zur Zeit drängen immer mehr junge Bulgarinnen ins Milieu, die häufig von ihren Brüdern und Vätern zur Prostitution gezwungen werden.«

»Wie wollt ihr die denn kontrollieren?«, unterbrach Conny ihn.

»Das geht so gut wie gar nicht. Und auch für den Straßenstrich ist das kaum möglich.«

»Wir werden Informationsblätter in mehreren Sprachen drucken und sie unter den Prostituierten verteilen. So können sich auch die Ausländerinnen informieren. Mit den siebzig Bulgarinnen, die sich im Milieu aufhalten, gibt es immer wieder Schwierigkeiten beim Gesundheitsamt, weil keine krankenversichert ist.«

Unglaublich, dachte ich empört und betroffen zugleich. Den Freiern schien es ganz egal zu sein, unter welchen Bedingungen die Frauen arbeiten mussten. »Und wer bezahlt dann den sogenannten Bockschein?«

Markus hob bedauernd die Schultern. »Den gab es nur bis 2001. Jetzt ist die Untersuchung freiwillig. Da könnt ihr euch ja denken, dass sich dort kaum eine von denen blicken lässt.«

Conny schüttelte erschüttert den Kopf. »Das ist ja so was von krass. Zum Glück ist Mandy davor bewahrt worden. Die wäre in irgendeinem versifften Loch zu Grunde gegangen. Das hört sich jetzt zynisch an, aber Jennys Tod war nicht ganz umsonst.«

Dieser Gedanke hatte sich mir auch schon aufgedrängt. Aber durfte man so denken?

»Die Nordsee-Zeitung hat in letzter Zeit häufig über die menschenverachtenden und brutalen Zustände im Rotlichtmilieu berichtet. Vielleicht hat das ja den einen oder anderen Freier zum Nachdenken gebracht«, fuhr Markus hoffnungsvoll fort.

»Wer's glaubt, wird selig«, warf Conny skeptisch ein. »Das ist denen scheißegal. Die müssen doch selber merken, was los ist. Die Mädels sprechen außer ficki-ficki wahrscheinlich kein Wort deutsch, sind willkommene Opfer für deren Perversionen und müssen alles mit sich machen lassen.«

»Klar, viele sprechen nicht nur kein deutsch, sie können nicht mal lesen und schreiben. Sie sind ihren Zuhältern auf Gedeih und Verderb ausgeliefert. Nur beweisen können wir das in den wenigsten Fällen. Zum Glück haben wir hier noch keinen Flatrate Puff wie in anderen Städten.«

Ich stutzte. Flatrate Puff? »Was ist das denn? Nie gehört.«

»Sex mit allen Frauen, so lange du willst, so oft du willst und wie du willst. Alles zum Festpreis.«

Das musste ich erst mal verdauen.

»Als Geschäftsführer dieser Großbordelle fungieren meistens Strohmänner. Die Verantwortlichen sind Kriminelle mit Beziehungen zur organisierten Kriminalität«, fuhr er fort. »Frauen als Ware ist eines der einträglichsten Geschäfte. Die Gewinnspanne ist viel höher als bei Drogen- und Waffengeschäften. Eine Zwangsprostituierte erwirtschaftet jährlich zwischen vierzigtausend und hunderttausend Euro. Man geht davon aus, dass es in Deutschland bis zu zweihunderttausend Zwangsprostituierte gibt.«

»Das glaub ich jetzt nicht. Die Freier, die das ausnutzen, sollte man wegsperren. Das sind doch genau solche Schweine wie die Zuhälter.« Conny sah wütend in die Runde und hatte unsere ungeteilte Zustimmung.

»Das ist auch geplant. Die Bundesregierung hat ein Papier vorgelegt, in dem sie fordert, dass Freier von Zwangsprostituierten mit Haftstrafen bis zu zehn Jahren belangt werden sollen.«

Conny lachte verächtlich. »Bis so ein Gesetz durch ist, vergehen hundert Jahre. Und wie will man das beweisen? Zeig mir den Freier, der zugeben wird, davon zu wissen, dass die Frau, die er gegen Geld gevögelt hat, das nicht freiwillig macht.«

* * *

Conny und ich standen nach der Vernehmung von Richy vor dem Gefängnis und rauchten. Mir war das Gespräch mit Markus und vor allem die Filmvorführung so was von an die

Nieren gegangen, dass ich Richy überaus hart angegangen war. Und gleich kam Bode an die Reihe. Der musste sich ganz warm anziehen. Ich war so richtig in Rage.

»Was habt ihr erreicht?« Marlene trat aus dem Gebäude und gesellte sich zu uns. »Wie hat Richy auf das Ergebnis der DNA-Analyse reagiert?«

»Der hat vor Wut geschäumt, als er hörte, dass Bode der Erzeuger von Anjas Baby war.«

»Das ist doch ein ganz abgewichster Hund. Der soll mal nicht so harmlos tun. Jahrelang hat er dafür gesorgt, dass Anja nicht von den Drogen loskam, sie auf den Strich geschickt, ja selbst bei der Vergewaltigung von Mandy hat er mitgemacht.« Conny trat ihre Kippe aus und kickte sie in den Rinnstein. »Und glaubt mal, wenn Bode Jenny nicht erschossen hätte, dann hätten wir ihn nicht so schnell kleingekriegt.«

Das war mir natürlich auch klar. »Angeblich hat er nicht gewusst, dass Anja regelmäßig von Bode sexuell missbraucht wurde. Er ist sich ganz sicher, dass Anja nie freiwillig mit ihm geschlafen hätte, weil Bode für sie Abschaum war. Sie soll Bode gehasst und kein Verständnis dafür aufgebracht haben, dass er mit ihm gemeinsame Sache gemacht hat.«

»Ich glaub ihm das nicht. Aber davon mal abgesehen, der schickt seine Else anschaffen und versteht die Welt nicht mehr, dass sie ihn in die Wüste schickt? Für wie blöd hält der uns denn?«

»Tja, sie hat jahrelang alles getan, was er gesagt hat. Und plötzlich muckt sie auf. Damit ist er nicht klargekommen.«

»Ey, der ist so ein Machoarsch, da krieg ich echt die Krise«, ereiferte Conny sich und stampfte zur Bestätigung mit dem Fuß auf.

»Was hat er denn zu dem Abend vor Anjas Verschwinden gesagt? Wo war er?«, wollte Marlene wissen.

»Er hat ausgesagt, er sei bei Bode gewesen und der habe ihn weggeschickt, als Anja auftauchte. Danach will er sie nicht mehr gesehen haben. Er traut Bode den Mord an Anja ohne Weiteres zu.«

»Damit steht er nicht alleine da. Wollen wir reingehen?« Marlene drückte die Tür auf.

Wir folgten ihr. Ein Vollzugsbeamter eilte uns entgegen und führte uns ins Vernehmungszimmer. Marlene bat ihn, Bode zu holen.

»Bode hat Richy immer mit dem großen Boss gedroht, wenn er abspringen wollte. Er hat für Bode dealen müssen ...«

»Müssen. Dass ich nicht lache«, unterbrach Conny mich und schnaubte verächtlich.

»Natürlich ist Richy nicht so unschuldig, wie er uns das jetzt verkaufen möchte«, gab ich ihr Recht. »Er hat mir erzählt, dass Bode ihn unter Druck gesetzt hat. Er wollte dafür sorgen, dass Richy, wenn er nicht spuren würde, aus der Werkstatt fliegt.«

»Billige Ausrede. Glaubst du das?«

»Irgendwie schon. Für Richy ist Bode ein ganz Großer, einer der alles im Griff hat, der Macht besitzt und alles erreicht, was er will. Er bewundert ihn und hat gleichzeitig Angst vor ihm.«

»Glaubst du, dass er weiß, wer der Boss ist?«, wollte Marlene wissen.

»Nein. Der ist ein so kleines Licht, dem hat Bode bestimmt nicht verraten, wer sein Auftraggeber ist.«

»Habt ihr einen Verdacht?«

Bevor ich Marlene antworten konnte, kam der Vollzugsbeamte mit Bode herein.

»Oh, gleich drei Ladys auf einem Haufen? Bin ich so gefährlich? Oder seid ihr alle drei scharf auf mich?« Er grinste herausfordernd.

Mir schwoll schon bei seinem Anblick der Kamm. »Nehmen Sie sich nur nicht so wichtig, Bode.« Ich stellte den Tonträger an und sprach den üblichen Text.

»*Herr* Bode. So viel Zeit muss sein.« Er setzte sich umständlich auf den Stuhl vor dem Vernehmungstisch. Das schulterlange Haar ungepflegt und fettig, glatt nach hinten gekämmt, das vernarbte Gesicht war bleich und schweißig. Die Hände zitterten in den Handschellen.

Der ist auf Entzug, dachte ich schadenfroh. Ich musste mich arg zusammennehmen, um sachlich zu bleiben.

»Das Teil da können Sie gleich wieder ausschalten. Ich mache von meinem Recht zu schweigen Gebrauch.«

»Zu dem Mord von gestern wird Sie gleich meine Kollegin vernehmen. Ich möchte mit Ihnen über Anja und Mandy sprechen.«

Er schürzte geringschätzig die Lippen und gab ein unappetitliches Schmatzen von sich. »Die Nutten.«

»Sie haben die beiden jungen Frauen zu Prostituierten gemacht, Herr Bode, und Sie haben nicht nur Jenny erschossen, Sie haben auch Anja auf dem Gewissen.«

»Ich habe Anja nicht umgebracht, das lass ich mir nicht anhängen.«

»Die DNA-Analyse hat zweifelsfrei ergeben, dass es sich um Ihr Sperma handelte. Sie waren der Letzte, der mit Anja Geschlechtsverkehr hatte, Sie sind sogar der Vater ihres Kindes.«

»Was bin ich? Sie haben sie ja nicht alle.«

»Das lassen Sie mal meine Sorge sein. Sie sind der Erzeuger.«

»Das wüsste ich aber.«

»Sie haben Anja, nachdem Richy Ihre Wohnung verlassen hatte, wieder einmal vergewaltigt, danach umgebracht, in einen Müllsack gesteckt und wie Abfall in den Wallanlagen entsorgt. Sie sind dran, Bode. Sie werden bis ans Ende Ihrer Tage im Knast verschimmeln, das verspreche ich Ihnen.«

»Warum sollte ich das tun? Welches Motiv sollte ich gehabt haben?« Er sah mich mit einem verschlagenen Blick an.

»Vielleicht wollte Anja nicht mehr für Sie auf den Strich gehen?«

»Für mich? Ich bin doch kein Lude. Das war ganz allein ihr Ding. Sie hat gut dabei verdient. Prostitution ist nicht mehr strafbar, Frau Kommissarin, das sollten Sie doch wissen. Anja hat das freiwillig gemacht.« Er lehnte sich zurück und grinste mich selbstgefällig an.

Bleib ganz ruhig, Mona. Ganz ruhig. »Das Lachen wird Ihnen noch vergehen. Sie haben Anja gezwungen, das haben wir schwarz auf weiß. Und Zwangsprostitution ist immer noch strafbar. Ihre zwei Gorillas haben sie fast täglich in den Puff gebracht. Vor der Werkstatt haben die sie abgefangen. Nachdem Anja tot war, musste Mandy als Ersatz herhalten. Sie wollten Mandy sogar an diesen Kralle verkaufen. Mensch Bode, Sie sind für mich einfach nur Abschaum.«

»Ganz vorsichtig, Frau Kommissarin. Keine Beleidigungen.« Er beugte sich bedrohlich vor und sah mich hasserfüllt an. »Noch mal zum Mitschreiben: Damit habe ich nichts zu tun.«

»Wollen Sie auch leugnen, dass Sie Mandy entführt, sie in ein versifftes Kellerloch gesperrt, mit K.-o.-Tropfen willenlos gemacht haben und dann zu fünft über sie hergefallen sind?«

Er zuckte wortlos die Schultern und blickte an mir vorbei aus dem Fenster.

»Und damit nicht genug, Sie haben die Schweinerei auch noch gefilmt. Auf dem Film ist deutlich zu sehen, dass Sie der Rädelsführer waren. Außerdem hat Ihr sauberer Freund Richy so richtig schön ausgepackt.«

»Dieser kleine Pisser. Der will doch nur seinen Arsch retten«, stieß er verächtlich aus.

Darauf ging ich nicht weiter ein. »Jetzt erst mal zurück zu Anja. Sie war von Ihnen schwanger, der Vaterschaftstest hat das eindeutig ergeben. Vielleicht hat sie Ihnen das ja an dem Abend erzählt, und Sie haben verlangt, dass sie das Kind abtreibt. Sie hat sich geweigert ...«

Jähzornig sprang er auf und schrie: »Ich hab die nicht gefüllt. Ich habe nicht mal gewusst, dass sie schwanger war.

Damit wäre sie bei mir auch nicht durchgekommen. Sie war es doch, die immer angewinselt kam. Wollte einen richtigen Kerl zum Vögeln. Die liebte es hart, wenn Sie wissen, was ich meine.«

Diese Unverschämtheit brachte mich nun so richtig zum Kochen. Dieses miese, fiese Miststück. »Sie widern mich so was von an, Bode. Wir haben es schwarz auf weiß, dass Sie Anja regelmäßig zum Sex gezwungen haben. Was ist an dem Abend vor Anjas Verschwinden in Ihrer Wohnung wirklich passiert?«

»Mal ganz ruhig, Lady. Anja ist an dem Abend zu mir gekommen, weil sie rattig war. Spitz wie Lumpi, wenn Sie das besser verstehen. Ich habe mich ihrer angenommen, es ihr so richtig besorgt. Danach ist sie weg. Ich bin doch nicht ihr Kindermädchen, was weiß ich denn, wo sie hin ist ...«

»Wir sind hier nicht in Grimms Märchenstunde. Sie haben sie ermordet.«

»Das habe ich nicht. Wie oft denn noch?«

So kam ich nicht weiter. Jetzt musste Voss ins Spiel kommen. »Sie wiederholen sich. Was ist in Ihrer Wohnung passiert? Wir wissen, dass Sie Anja unter Druck gesetzt haben. Sie sollte Ihnen eine CD bringen, die Voss gehörte.«

Nach dieser Feststellung entglitten ihm die Gesichtszüge. Die Überraschung war gelungen.

»Voss?« Er sah mich dümmlich an.

»Ja, Voss. Voss ist der Onkel und gleichzeitig Ihr Chef.«

Für einen Moment war er sprachlos. »Wer hat Ihnen das gesteckt?«

»Da staunen Sie, was?« Ich grinste ihn triumphierend an. »Wir haben uns zwischenzeitlich Ihre Wohnung vorgenommen. Und was haben wir dort wohl gefunden? Dreimal dürfen Sie raten.«

»Scheiße. Die Fotos.«

Jetzt hatte ich ihn aus der Reserve gelockt. »Was wollten Sie mit den Fotos? Voss erpressen? Sie hatten ihn in der Hand, weil Sie seine sexuellen Vorlieben kannten. Sie haben ihm die Mädchen zugeführt.«

»Ihn erpressen? So ein Quatsch. Wie kommen Sie denn da drauf?«

»Voss hat doch bestimmt keine Ahnung gehabt, dass Anja bei »Pro Zukunft« beschäftigt war.«

Bode grinste hinterhältig. »Natürlich nicht. Der wollte Frischfleisch, und das hat er bekommen.«

»Wer ist der Boss, mit dem Sie den Kids ständig drohen? Raus mit der Sprache.«

Bode lachte etwas zu laut. »Den gibt es gar nicht. Der Boss bin ich.«

»Das glauben Sie doch selber nicht. Sie hatten von Voss den Auftrag erhalten, die CD zu besorgen. Und nachdem Sie gemerkt haben, wie wild er auf die kleine silberne Scheibe war, ahnten Sie, dass da etwas zu holen war. Ihr Pech nur, dass Anja die Unterlagen nicht bei sich hatte. Sie sind durchgedreht und haben sie erwürgt.« Jetzt lehnte ich mich bedrohlich weit vor und sah ihm direkt in die Augen.

»Wie oft denn noch? Ich war es nicht.«

»Voss vermutet aber, dass Sie es waren«, bluffte ich. Das war nicht ganz legal, aber äußerst erfolgreich, wie sich zeigte.

»Dieser verlogene Mistkerl. Jetzt will er mir den Mord in die Schuhe schieben. Dann hören Sie mal genau zu, Frau Kommissarin: Anja kam gegen Abend zu mir. Sie sollte mir die geklaute CD zurückbringen. Das Biest hatte sie aber nicht dabei. Im Gegenteil, sie wollte sie mir nur geben, wenn ich Mandy in Ruhe lasse. Aber nicht mit mir. Ich habe sie gepoppt, so wie sie es wollte, und sie danach im Klo eingesperrt und Voss angerufen.«

»Jetzt hören *Sie* mir mal zu! Sie haben sie vergewaltigt, Herr Bode. Es handelt sich eindeutig um Ihr Sperma, das beweist die Analyse. Und es gibt mehr als genug Anhaltspunkte, dass Gewalt im Spiel war«, unterbrach ich ihn aufgebracht.

»Ich lass mir keine Vergewaltigung anhängen, sie hat das freiwillig gemacht. Hat wohl gedacht, sie kriegt mich auf diese Art rum. Und sie mochte es hart, wie schon gesagt, sehr hart.«

Ich ging auf seine dreiste Lüge nicht weiter ein. »Was passierte, als Voss dazukam?«

»Voss war voll wie ein Fass. Er hat getobt und rumgebrüllt wie ein Irrer. Als Anja sich weiterhin weigerte, die CD rauszurücken, hat er rot gesehen.«

»Was heißt das?«

»Er hat sie am Hals gepackt und sie wie blöd geschüttelt. Der war so was von durchgeknallt. Ich bin dann dazwischengegangen, habe ihn festgehalten und Anja konnte fliehen. So war das.«

»Ist Voss ihr gefolgt?«

Bode lachte. »Nee, der war hackedicht. Ich habe ihn nach Hause gefahren, damit nichts passiert. War ja schon ein Wunder, dass der es ohne Crash bis zu mir geschafft hatte.«

»Und Sie sind nicht auf dem Rückweg noch mal bei Anja vorbei?«

»Quatsch. Die war ja noch verabredet.«

»Mit wem?« Sollte ich ihm das glauben? Kam jetzt wieder eine seiner Räuberpistolen?

»Mit ihrem Alten.« Er legte triumphierend den Kopf schief und grinste wissend.

»Mit Finke?« Mir stockte der Atem.

»Quatsch. Mit ihrem Stiefvater, diesem Schade. Den sollten Sie mal unter die Lupe nehmen.«

Mein Adrenalin stieg in den Bereich des Bedenklichen, mein Herz raste, sicher war auch der Blutdruck blitzartig auf mindestens 200 angestiegen. Den Schade hatte ich bisher gar nicht auf dem Schirm gehabt. »Das müssen Sie mir aber nun genau erklären.«

***

Ich saß mit Conny im *Engel* vor einem Latte und wartete auf Mandy, mit der wir uns hier verabredet hatten. Nach der Aussage von Bode, hatte ich umgehend Knoll und Hoppe nach Bremerhaven geschickt, damit sie mir Schade zur Vernehmung holten.

Der *Engel* war eines meiner Lieblingscafés. Mir gefiel die Atmosphäre, das Ambiente und das bunt gemixte Publikum. Ich sah auf die Straße, auf der das pralle Leben tobte. Im Viertel ist immer was los. Ende der 60er Jahre war das mein zweites Zuhause. Ich kannte jede Kneipe, Kino nur im Cinema, Rotwein im Bistro, einen verbotenen Joint im Story Ville und Musik in der Lila Eule. In diesem Hauptquartier der Bremer Linken hatte ich in den sechziger Jahren Rudi Dutschke live erlebt. Heute wird das Viertel von Alternativläden, Kulturzentren, Galerien, Szene-Cafés, Kneipen und Restaurants beherrscht – und hat damit für mich nicht an Anziehungskraft verloren. Auch ich hatte mich schließlich mit den Jahren verändert.

»Was versprichst du dir von diesem Treffen?«, holte mich Conny in die Gegenwart zurück.

»Sie war Anjas beste Freundin. Vielleicht hat sie ihr von den Übergriffen ihres Stiefvaters erzählt. Ich bin mir nicht sicher, ob Bode die Wahrheit gesagt hat.«

»Möchtest dich nicht blamieren, stimmt's?«

Wo sie Recht hat, hat sie Recht. Vielleicht hatte Bode mir ja einen Bären aufgebunden, aber wer weiß? Ich traute ihm zwar nicht über den Weg, aber vielleicht stimmte es ja doch. Ich musste jeder Spur nachgehen.

»Sag mal ehrlich, dir wäre es am liebsten, wenn Bode nicht nur der Mörder von Jenny, sondern auch von Anja wäre.«

Sie hatte den Nagel auf den Kopf getroffen. »Dir nicht? Bis jetzt hat ja auch alles gepasst. Aber abgesehen davon, wäre es mir noch viel lieber, dieser Schade hätte nie Hand an Anja und ihre Schwestern gelegt.«

»Sie kommt.« Conny zeigte mit dem Finger auf die andere Straßenseite, wo Mandy sich gerade von einem jungen Mann verabschiedete und zwischen Autos und Fahrradfahrern über die Straße eilte.

Sie betrat den *Engel* und kam auf unseren Tisch zu. Heute trug sie einen langen schwarzen Mantel, der mit Stickereien verziert war und sie sehr schmal erscheinen ließ.

»Hallo, bin ein bisschen spät. Sorry.« Sie gab uns die Hand, zog den Mantel aus und schmiss ihn auf einen freien Stuhl.

»Hallo, setz dich.« Ich bemerkte, dass sie heute keinen Rock, sondern eine schwarze Hose mit Ketten, Nieten und glänzenden Applikationen trug, die bei Conny positive Beachtung hervorzurufen schien. Dieser Look schien zur Zeit mächtig in zu sein.

Sie folgte meiner Aufforderung und setzte sich mir gegenüber auf den freien Stuhl. Die Blessuren von Bodes Schlägen versuchte sie, unter weißem Puder zu verstecken. Ihre Augen waren dick mit schwarzem Kajalstift umrandet, und die geschwollenen Lippen ebenfalls schwarz geschminkt. Sie erinnerte mich sehr an Nina Hagen.

»Wie geht es dir?« Ich legte mitfühlend meine Hand auf die ihre, die sie aber schnell wegzog. War wohl zu viel Nähe.

»Geht so.« Sie spielte nervös an ihrem schwarzen Armband herum, das dreireihig mit Spitzennieten besetzt war.

»Brauchst du Hilfe?«

»Mir kann keiner helfen. Da muss ich durch. Wann kann ich meine Schwester beerdigen?« Sie ließ keinen an sich ran. Tapfer schluckte sie die aufsteigenden Tränen hinunter.

»Wenn die Staatsanwaltschaft sie freigibt. Das kann noch ein paar Tage dauern.«

»Nur gut, dass die Scheißkerle sitzen.« Sie winkte der Kellnerin. »Was gibt es eigentlich so Wichtiges?«

»Sag mal Mandy, was hatte Anja für ein Verhältnis zu ihrem Stiefvater?«

Sie sah mich erstaunt an. Mit dieser Frage schien sie nicht gerechnet zu haben. »Warum?«

»Hatte sie ein gutes Verhältnis zu ihm?«

Mandy stieß verächtlich Luft aus. »Das ist ein Wichser, hat sie immer gesagt. Ein scheinheiliger Spießer, der Kinder fickt.«

»Was?« Ich ließ sie über dem Rand meiner Tasse nicht aus den Augen. Also doch. Meine Gedanken überschlugen sich. »Erzähl, was weißt du? Was hat sie dir erzählt?«

»Na ja ... Er hat sie gezwungen ... Sie musste ihn ora, oro ... Scheiße, sie musste ihm immer einen blasen.« Das kam so laut heraus, dass uns eine ältere Dame am Nebentisch schockiert anstarrte und vor Entrüstung mit dem grauen Haupt wackelte.

»Du meinst oral«, setzte Conny so laut einen drauf, dass es nun jeder im Café gehört haben musste.

»Meinetwegen oral. Das ging gleich los, nachdem er ihre Mutter geheiratet hat. Er hat sie erpresst.«

»Womit«, wollte ich wissen.

»Wenn sie es nicht machte, wollte er sich ihre jüngeren Schwestern vornehmen. Und sollte sie es ihrer Mutter erzählen, würde die ihr niemals glauben, dafür würde er schon sorgen.«

Mir verschlug es die Sprache. Dieser miese kleine Biedermann. Mein Bauchgefühl hatte mich mal wieder nicht getäuscht. Ich sah ihn vor mir, wie er auf dem Freimarkt den kleinen Mädchen Wurst spendierte. Jetzt war mir klar, was er mit denen vorgehabt hatte.

»Und das hat sie geglaubt?«

Mandy nickte. »Klar. Sie war davon überzeugt, weil ihre Mutter diesen abgefuckten Typen liebt. Die war doch so was von froh, dass sie von ihrer versoffenen Kotztüte weg war. Wo sollte sie denn hin? Wieder zurück? Außerdem ist Schade für sie ein Halbgott. Kann man vielleicht verstehen, früher keine Kohle und so, und jetzt eine eigene Hütte und jeden Monat schön die Knete auf'n Tisch.«

In der Tat, dachte ich. Dennoch kein Grund wegzusehen. Aber Heidi Schade gehörte zu der Sorte Frauen, die sich nur über einen Mann an ihrer Seite definierten und sich ohne Mann minderwertig fühlten. Kaum zu glauben, dass es so etwas in der heutigen Zeit noch gab.

»Als Anja wieder auf Droge war, hat sie von ihm Geld dafür verlangt. Das brauchte sie für Dope. Ihr war doch damals jedes Mittel recht, um an Kohle zu kommen. Sie hat den Drecksack gehasst. Wie krank muss der sein.« Sie trank vorsichtig den inzwischen servierten Latte.

Hatte Anjas Mutter denn wirklich nichts davon mitbekommen? Oder hatte sie doch einfach weggeschaut, wie man es so oft in solchen Fällen von familiärem Missbrauch hörte? Ob er Tanja und Sissi auch ..? Ich mochte gar nicht weiter denken. »Stimmt es, dass Anja ihn erpresst hat? Wollte sie Geld?« Diese Information hatte ich von Bode. Das wäre ein handfestes Mordmotiv.

Mandy rutschte nervös auf ihrem Stuhl hin und her. »Ja ... sie hat ihn erpresst. Aber es ging diesmal nicht um Geld. Sie wollte, dass er seine schmutzigen Griffel von ihren Schwestern lässt. Sie hatte große Angst, dass er die beiden auch schon in der Mache hatte. Sie wollte sonst alles den Bullen ... Entschuldigung, der Polizei erzählen.«

Ich war sprachlos. »Warum hast du uns das nicht schon früher gesagt? Ich fass es nicht.«

»Ich habe Anja mein Ehrenwort gegeben, dass ich es niemandem erzähle.«

»Bist du nie auf die Idee gekommen, dass vielleicht der Stiefvater Anja ermordet haben könnte?«

Sie starrte uns erschrocken an. »Nee. Der Drecksack?«

»Hat Anja dir nicht gesagt, dass sie an dem Abend vor ihrem Verschwinden mit ihm verabredet war?«

»Nein, wirklich, davon habe ich nichts gewusst. Dann könnte der es ja wirklich gewesen sein.«

***

Nachdem wir Schade die halbe Nacht verhört hatten, war er gegen Morgen eingeknickt und hatte den Missbrauch und den Mord an Anja gestanden. Sie hatte ihn tatsächlich erpresst und damit gedroht, zur Polizei zu gehen, wenn er die ganze Sauerei nicht seiner Frau erzählen würde. Natürlich hätte sie auch selbst zu ihrer Mutter gehen können. Aber sie hatte befürchtet, dass sie ihr nicht geglaubt hätte, und gehofft, dass sie sich nach seiner »Beichte« den Töchtern zuliebe von ihm getrennt hätte. Er hatte sich mit ihr getroffen und ihr statt eines Geständnisses Geld geboten. Aber sie hatte nur höhnisch gelacht und ihm das Geld vor die Füße geworfen. Den Satz: »Da bin ich durchgedreht, ich konnte mir mein Leben von dem durchtriebenen Luder doch nicht kaputt machen lassen«, bekam ich nicht aus meinem Kopf. Der Schweinehund hatte auch nicht im Ansatz den kleinsten Funken Unrechtsbewusstsein. Als er völlig emotionslos erklärte, dass Anja ihn zu sexuellen Handlungen verführt habe und ihn da eigentlich keine Schuld träfe, bin ich ausgerastet. Knoll konnte mich gerade noch zurückhalten und Schlimmeres verhindern.

***

Zur Feier des Tages hatte unser Chef uns zu einem Glas Sekt in sein Büro eingeladen. Er wirkte wesentlich entspannter als in den letzten Tagen. Endlich war er wieder der Kathenkamp, wie wir ihn kannten.

Er erhob sein Glas und prostete mir zu. »Gute Arbeit, Frau Butenschön.«

Das Lob ging runter wie Öl. »Danke, Chef. Um ehrlich zu sein, war ich ja lange auf der falschen Fährte.«

»Kein Wunder, dem Drecksack habe ich auch alles zugetraut.« Conny lächelte mir zu und nippte an ihrem Glas.

Didi nahm einen großen Schluck und starrte aus dem Fenster. »Ich glaube, ich bin Ihnen noch eine Erklärung schuldig.«

Was kam denn jetzt?

»Sie haben sicher bemerkt, dass es mir in letzter Zeit nicht sonderlich gut ging ...« Seine Hände wischten mechanisch unsichtbare Krümel von der feinen Hose. »Ich hatte erhebliche private Probleme und Sorgen. Meine Enkeltochter ist da in etwas hineingeraten ...« Er zögerte, und wir sahen ihm an, dass ihm das, was er uns erzählen wollte, nicht leicht fiel.

»Sie nimmt Drogen und ist tagelang nicht nach Hause gekommen. Ich habe im ganzen Viertel und an allen einschlägig bekannten Plätzen immer wieder nach ihr gesucht. Die Kollegen vom Rauschgift haben sie gestern aufgegriffen. Meine Tochter hat mich gerade informiert, dass Miriam jetzt bereit ist, einen Entzug zu machen.« Er seufzte und wirkte sehr erleichtert.

Es war sehr ruhig im Raum geworden. Alle sahen betreten aus der Wäsche, und keiner von uns wusste so recht, was man darauf erwidern sollte. Ich wünschte seiner Enkeltochter schließlich viel Erfolg.

»Wie geht es denn jetzt mit Pro Zukunft weiter«, versuchte ich, die Situation weiter zu entkrampfen.

»Heute ist Krisensitzung. Wir müssen uns erst mal einen Überblick über die finanzielle Situation verschaffen. Wir können nur hoffen, dass Voss noch möglichst viel von dem Geld hat.«

»Wie konnte das denn passieren, wurde er nicht kontrolliert?«

»Schon. Wir hatten jedes Jahr den Wirtschaftsprüfer im Haus. Und sein Haushalt wurde immer entlastet. Wie er das getrickst hat, das wird man sehen. Der Fall liegt bei Ihrem Kollegen Staatsanwalt Dr. Vogelsang, Frau Hoppensack.«

Die Wangen unserer Staatsanwältin röteten sich leicht und sie schlug schnell ihre Beine in die andere Richtung übereinander. Sollte ich da etwas verpasst haben? Ich wechselte einen schnellen Blick mit Knoll und spürte, dass seine Gedanken in eine ähnliche Richtung gingen. Gab es da doch einen anderen Mann? Wenn es der Vogelsang war, dann würde das im Haus nicht lange verborgen bleiben, und Knoll fischte nicht mehr im Trüben. Ich denke, mit einer solchen Tatsache konnte er leben. Er war noch nie ein schlechter Verlierer. Und vielleicht hätten wir dann auch bald wieder ein erträgliches Arbeitsklima.

* * *

Ich stand am Empfang und wartete auf die Stationsleitung, die mir die Sachen meiner geflüchteten Großmutter überreichen sollte. In der großen Halle saßen etwa zwanzig Senioren in Rollstühlen und auf Sesseln, die vor sich hinstarrten. Mir fiel auf , dass sie gar nicht miteinander sprachen. Es war eine bedrückende Stimmung.

Plötzlich fing eine der Frauen laut an zu weinen. »Mama, hol mich hier raus, Mama, hol mich hier raus. Ich will nach Hause.«

Keiner der Anwesenden reagierte. Jeder schien in seiner eigenen Welt zu leben. Von meiner Großmutter wusste ich, dass man die demenzkranken Bewohner hier tagsüber abstellte, damit sie jederzeit unter Beobachtung standen.

Aus dem Schwesternzimmer eilte eine Pflegerin auf die Frau zu, nahm sie tröstend in den Arm und sprach ruhig auf sie ein. Langsam beruhigte sie sich.

»Hallo, so sieht man sich wieder«, hörte ich in meinem Rücken. Ich drehte mich um und mein Blick landete auf der Fledermaus aus Mandys Wohngemeinschaft, die einen älteren Herrn im Rollstuhl schob. »Was machen Sie denn hier?«

Zufälle gab es. »Ich hole die Sachen meiner Großmutter ab.«

»Oh, ist sie gestorben?« Die Fledermaus sah mich bedauernd an.

»Nein, abgehauen.«

Ein breites Grinsen ging über ihr Gesicht. »Charlotte? Cool, das ist Ihre Gran?«

Ich nickte und konnte mir gut vorstellen, dass Oma mit der Fledermaus bestens ausgekommen war. »Charlotte? Duzt ihr hier etwa die Bewohner?«

»Auf keinen Fall. Charlotte hat mir das Du angeboten. Wir haben uns super verstanden und oft zusammen abgehangen, wenn ich Nachtdienst hatte und nichts los war. Heimlich Sekt getrunken und so«, flüsterte sie verschwörerisch hinter vorgehaltener Hand.« Ist echt gut drauf, auf die können Sie stolz sein. Was die alles so erlebt hat ... Mann oh Mann, echt abgefahren. Irgendwie schade, dass sie weg ist.«

Typisch Oma. Wer weiß, was die alles erzählt hatte. Aber das war früher schon so. Oma hatte sich immer ins rechte Licht rücken können – wenn sie gewollt hatte.

»Das war doch total okay, dass sie die Fliege gemacht hat. Die ist doch noch super fit. Was glauben Sie wohl, wie die den Laden hier aufgemischt hat. Die Heimleitung hat sie zur Weißglut gebracht. Ich fand das extrem klasse, ehrlich.«

Auch das war typisch.

»Grüßen Sie sie schön von mir und sagen Sie ihr, ich halte mein Versprechen und besuch sie demnächst.«

Versprechen? Dann hat die Fledermaus davon gewusst. »Und wer lässt grüßen?«

»Caro. Haben Sie eigentlich das Schwein inzwischen geschnappt, das Anja ermordet hat?«

»Ja. Ihr Stiefvater.« Ich bemerkte die Stationsleiterin, die mit Omas Koffer aus dem Fahrstuhl kam.

»Nee nich? Das ist ja krass.« Jetzt sah sie auch die Stationsleiterin und raunte mir zu: »Ich mach mich mal vom Acker. Nicht vergessen, schön grüßen.«

***

Ich saß wunderbar entspannt in einem schönen Garten hinterm Weserdeich und genoss die für einen Oktobertag ungewöhnlich warmen Sonnenstrahlen. Ich dachte an Rainer. Ob es richtig war, dass ich seinem Drängen nachgegeben und mich für heute Abend mit ihm verabredet hatte? Eigentlich wusste ich doch, was er wollte. Und ich? Das dachte ich lieber nicht zu Ende. Jo hatte sich nach meiner Abfuhr nicht mehr gemeldet, und Jonas hatte sein Kommen auf morgen verschoben, weil er irgendetwas Wichtiges in Heidelberg zu erledigen hatte.

Spontan war ich zu Marlene nach Dedesdorf gefahren. Sie hatte mir inzwischen das Haus gezeigt, das sie seit kurzem bewohnte und um das ich sie sofort beneidete. Über zweihundert Quadratmeter. Die oberste Etage hatte sie vermietet.

»Geht's dir gut?« Marlene trat aus dem Haus und setzte sich zu mir.

»Super. Hier kann man es aushalten.«

»Meine schöne große Altbauwohnung in der Goethestraße steht noch leer. Was hältst du davon, wenn du dort einziehst?«, fragte sie mich und hob einen dicken Kater auf ihren Schoß .

»Wie kommst du da denn drauf? Dann liege ich jeden Tag auf der Autobahn. Ich bin doch nicht verrückt. So eine Schnapsidee.«

»Musst du nicht. Lass dich versetzen, bei uns wird gerade eine Stelle frei.«

Ich lachte laut auf. »Du hast ja vielleicht Nerven. Mein Job gefällt mir, meine Kollegen sind okay, und Kathenkamp als Vorgesetzten zu haben, ist auch nicht so übel.« Beruflich nach Bremerhaven wechseln? Die Frage hatte sich für mich bisher nie gestellt.

»Der geht nächstes Jahr in Pension. Und dann? Der oberfiese Budelmann wird schon unter der Hand als sein Nachfolger gehandelt.«

Mir blieb vor Schreck der Mund offen stehen. »Du spinnst.«

»Quatsch. Hast du wirklich noch nichts davon läuten hören?« Marlene sah mich lauernd an. »Das wäre doch ein Grund. Der hasst dich wie die Pest, der wird dir das Leben zur Hölle machen.«

Budelmann, der unverbesserliche Macho, dachte ich, ausgerechnet. Für den gehörten Frauen bei der Kripo allerhöchstens hinter die Schreibmaschine. Wenn der Kathenkamps Nachfolge antreten wollte, dann würde er das auch erreichen. Zumal er beste Kontakte zum Polizeipräsidenten hatte ...

Marlene, die meine Gefühlswelt richtig einschätzte, begann mich ziemlich massiv zu bearbeiten. »Lehe hat zwar bei den Spießern nicht den besten Ruf, aber da tut sich was. Glaub mir, in ein paar Jahren wird Lehe, genau wie euer Ostertorviertel, ein sehr beliebtes Wohnquartier sein. Multi- Kulti. Es sollen neue Wohnprojekte für Studenten und Häuser entstehen, in denen junge und ältere Menschen gemeinsam leben. Hast du dir mal die Altbauhäuser in der Hafenstraße und in den Nebenstraßen angesehen? Kneipen, Musik, Kultur. Das ist doch genau dein Ding.« Sie kam geradezu ins Schwärmen. »Und das super Team bei der Bremerhavener Kripo, nicht zu vergessen. Das sind doch mehr als genug Gründe umzuziehen.«

Mir schwirrte der Kopf. Lag es am Wein, an der Vorstellung, Budelmann als Chef zu bekommen, oder an der Dedesdorfer Luft? Ich geriet langsam ins Wanken.

Marlene roch Lunte. »Ich mach dir einen Vorschlag, nimm möglichst bald Urlaub und wohne ein Paar Tage zur Probe. Ich habe noch einige Möbel in meiner Wohnung stehen. Wenn es dir nicht gefällt, dann ist der Kittel geflickt und du bleibst in Bremen.«

»Und warum bist du eigentlich aufs Land gezogen, wenn es sich in Lehe so schön leben lässt?«

»Meine Mutter ist vor drei Monaten gestorben. Ich habe das Haus von ihr geerbt. Vor ihrem Tod habe ich ihr versprochen, mich um ihre Tiere zu kümmern. Mit vier Katzen, zwei Hunden und einem Pferd kann ich wohl schlecht in der Stadt wohnen.«

Das war ein Argument.

»Na? Was ist mit dem Probewohnen?« Sie schenkte mir Wein nach und sah mich auffordernd an. »Ich wette mit dir, du bleibst. Und wenn du Landluft brauchst, kommst du mich besuchen. Du reitest doch? Mein Pferd steht dir jederzeit zur Verfügung.«

Bevor ich antworten konnte, klingelte es an der Haustür.

»Das könnte mein neuer Mieter sein. Ein echt toller Typ. Ich stell ihn dir gleich mal vor. Du wirst begeistert sein.« Sie eilte durch die Terrassentür ins Haus und überließ mich meinen Gedanken.

Das wären Veränderungen. Und was wäre mit Jo? Im Innersten wusste ich, dass ich aus Angst vor einer weitreichenden Entscheidung unser Wiedersehen verschoben hatte. Dann spürte ich eine Hand auf meiner Schulter, die mir nicht unbekannt war, wie ich aus den Augenwinkeln feststellte. Überrascht drehte ich mich um und blickte in ein strahlendes Augenpaar, das ich so liebte und dem ich noch nie widerstehen konnte. Mein Herz klopfte, und ich fühlte plötzlich, wie sehr ich ihn in den letzten Tagen vermisst hatte. Armer Rainer, du wirst deinen Abend ohne mich verbringen müssen, schoss es mir durch den Kopf.

»Überraschung! Darf ich vorstellen, mein neuer Mieter.« Marlene grinste breit und tauschte mit Jo einen verschwörerischen Blick.

Ich traute meinen Ohren nicht. »Woher kennst du Jo?«

»Wie man seinen Mieter so kennenlernt. Über eine Anzeige. Reiner Zufall. Mir war schnell klar, dass es sich bei ihm um deinen Herzbuben handelte«, lachte Marlene. »Na? Ist uns die Überraschung gelungen?«

Bevor ich antworten konnte, nahm Jo behutsam meine Hände. »Na, was sagst du? Morgen ziehe ich ein.«

»Schön für dich.« Ich hatte Mühe, meine Gefühle unter Kontrolle zu bekommen. Das war ja das reinste Komplott.

»Die Wohnung ist groß genug für uns beide. Willst du dir nicht doch noch mal überlegen, ob wir zusammenziehen?«

Ich starrte ihn ungläubig an. Solche Überrumpelungsversuche liebte ich nun gar nicht. Gab er denn nie auf?

»Goethestraße oder Dedesdorf?«, mischte sich Marlene ein. »Du hast die Wahl!«

Wie auf Befehl klingelte mein Handy. »Hallo Mona, hier ist Jonas. Ich kann an diesem Wochenende leider doch nicht kommen. Bist du zu Hause?«

»Nein, ich sitze gerade in einem wunderschönen Garten, der einer Kollegin gehört. Jo wird hier einziehen.«

»Super. Dann weiß ich ja, wo meine Kinder spielen können.«

Da hatte ich mich wohl verhört. »Kinder? Welche Kinder?« Ich verstand nur Bahnhof.

»Ich wollte es dir eigentlich persönlich sagen. Aber so ist es auch okay. Herzlichen Glückwunsch, du wirst Großmutter. Wir bekommen Zwillinge.«

Ich hatte plötzlich das Gefühl, als zöge mir jemand den Boden unter den Füßen weg. »Was ist los? Spinnst du?« Ich rannte planlos mit dem Handy durch den Garten. Bestimmt wieder einer seiner nicht gerade originellen Scherze, versuchte ich, mich zu beruhigen.

Beerbaum und Marlene beobachteten mich neugierig und konnten meinen Gefühlsausbruch wohl nicht einordnen.

»Jonas, du machst Witze«, schrie ich ins Handy. Typisch mein Sohn, er hatte aufgelegt.

»Was ist denn los, du bist ja ganz blass.« Marlene sah mich besorgt an.

»Jetzt brauche ich einen Schnaps«, sagte ich leise und ließ mich völlig überwältigt auf den Rasen fallen.

ENDE

Cuxland Krimi

Wolf S. Dietrich, Wattläufer
222 Seiten, Paperback, Originalausgabe 2005
6. Auflage 2008
ISBN 978-3-935263-31-3 / 12,00 EUR

Ein Dorumer Fischkutter fischt eine unbekleidete Frauenleiche aus dem Meer. Wo soll Hauptkommissar Röverkamp von der Kripo Cuxhaven mit seinen Ermittlungen ansetzen? Keine Kleider, keine Papiere, keine Übereinstimmung mit Vermisstenmeldungen. An seiner Seite eine junge Absolventin der Polizeischule. Die gräbt in alten Ermittlungsakten und zieht Parallelen.
Als wieder eine Frau spurlos verschwindet, kommt Bewegung in die Sache. Aber ausgerechnet jetzt fällt Hauptkommissar Röverkamp aus, und seine Assistentin muss allein ermitteln. Sie ahnt nicht, dass es jemanden gibt, der sie ständig beobachtet. Wird die Jägerin zur Beute?

Cuxland Krimi

Wolf S. Dietrich, Eiskalter Sommer
234 Seiten, Paperback, Originalausgabe 2007
2. Auflage 2008
ISBN 978-3-935263-47-4 / 12,00 EUR

Während sich Nordseeurlauber an den Stränden über die heißen Tage freuen und Menschen bei der Arbeit über die Hitze stöhnen, erfriert ein Mann im Kühlhaus eines Cuxhavener Fischverarbeitungsbetriebes. Hauptkommissar Konrad Röverkamp und seine Kollegin Marie Janssen übernehmen den Fall. Eine Spur führt zu einem Arbeitskollegen des Opfers.
Aber ein weiterer Mord stellt die bisherige Ermittlungsarbeit des Kripoteams in Frage. Es gelingt nicht, eine Beziehung zwischen ihrem Tatverdächtigen und dem zweiten Toten herzustellen. Bis ein Foto auftaucht, das überraschende Verbindungslinien erkennen lässt. Sie deuten in die Vergangenheit. In jenen mörderischen Winter, der das Land zwischen Elbe und Weser vor fast dreißig Jahren heimgesucht hat.

Der TV-Quiz-Krimi im Prolibris Verlag

Antje Friedrichs, Noch eine Frage bis zum Tod
176 Seiten, Paperback, Originalausgabe 2009
ISBN 978-3-935263-65-8 / 9,90 EUR

Millonär werden! Kandidat im Fernsehquiz sein. Den beliebten Moderator und Fernsehstar live erleben. Marianne Rump aus Quakenbrück hat es geschafft. Sie wird in die Glamourwelt der Fernsehstudios eingeladen und spielt mit um die Million. Doch manche Kandidaten kennen im erbarmungslosen Kampf um den „heißen Stuhl" keine Skrupel. Ein wahrhaft mörderisches Spiel beginnt.
Die für ihre feinsinnigen Inselkrimis bekannte Autorin lässt die Leser in diesem Kriminalroman hinter die Kulissen einer großen Quizshow blicken. Sie selbst war im Jahr 2005 gleichzeitig mit ihrem Sohn Jochen Telgenbüscher Kandidatin in der Sendung „Wer wird Millionär". Ihr Sohn gewann 32.000 Euro – sie die Idee zu diesem Krimi.